岁月漫长，你要闪闪发光

沈善书 著

U0832555

北京时代华文书局

图书在版编目（CIP）数据

岁月漫长，你要闪闪发光 / 沈善书著 . – 北京 : 北京时代华文书局 , 2020.10
ISBN 978-7-5699-3473-1

Ⅰ . ①岁… Ⅱ . ①沈… Ⅲ . ①随笔 – 作品集 – 中国 – 当代 Ⅳ . ① I267.1

中国版本图书馆 CIP 数据核字（2020）第 200466 号

岁 月 漫 长 ， 你 要 闪 闪 发 光

SUIYUE MANCHANG,NI YAO SHANSHANFAGUANG

著　　者 | 沈善书

出 版 人 | 陈　涛
选题策划 | 田晓辰
责任编辑 | 田晓辰
助理编辑 | 马昕竹
责任校对 | 张彦翔
装帧设计 | 孙丽莉　段文辉
责任印制 | 訾　敬

出版发行 | 北京时代华文书局 http://www.bjsdsj.com.cn
北京市东城区安定门外大街 138 号皇城国际大厦 A 座 8 楼
邮编：100011　电话：010 - 64267120　64267397
印　　刷 | 三河市嘉科万达彩色印刷有限公司　电话：0316-3156777
（如发现印装质量问题，请与印刷厂联系调换）
开　　本 | 880mm×1230mm　1/32　印　　张 | 7　字　　数 | 176 千字
版　　次 | 2021 年 1 月第 1 版　印　　次 | 2021 年 1 月第 1 次印刷
书　　号 | ISBN 978-7-5699-3473-1
定　　价 | 49.80 元

版权所有，侵权必究

世间的相遇，并不一定非得讲究如期而至。当你以为山重水复疑无路时，转个弯，回过头，抑或换个心态对待生活，也许柳暗花明就会在下一刻出现。

在这座人来人往的城市里，很多人和我们一样，都在为生活而奋斗着，也都在经历着破茧成蝶的煎熬，一边独自承担着痛楚，又一边给自己加油鼓劲大步向前走。

CONTENTS
目录

/ Part1 /
总有一个人陪你从年少走到年老

/ Part 2 /
找个你喜欢的人，过欢喜的一生

/ Part 3 /
等遇见了你，我就成了我们

/ Part 4 /

你年纪轻轻，应该拼尽全力去生活

/ Part 5 /

只要努力，成长总会给你惊喜

/ Part 6 /
现在的你有多努力，就有多耀眼的未来

只要你变得优秀了，就会遇见更加广阔的世界和更加有趣的人。当你回头再看时，你就会感谢那个永不言弃、努力追梦的自己。

总有一个人
陪你从年少走到年老

Part 1

你貌美如花，不只是为了取悦他人

01

前几天，和朋友玉子一起喝咖啡。我说："你最近出门每天都穿新衣服，到底买了多少衣服？"她一边打理头发，一边告诉我："你难道没发现今年的我变漂亮很多吗？那些旧的衣服配不上现在貌美如花的我。"

有些姑娘买买买不是因为虚荣心，而是真的想好好打扮自己，尤其是我身边那些单身的姑娘。她们不会因为单身没对象而邋里邋遢地出门，她们相信只有打扮得漂亮，好运才会发生在自己的身上，遇见男神的概率也可能会增加。

在很多姑娘的观念里，只有谈恋爱期间才需要把自己打扮漂亮给男友看，如果单身就不会花时间好好打扮自己，因为打扮漂亮了也没人欣赏。结婚以后则更不用说，可以几天不洗头发，也可以穿着睡衣拖鞋蓬头垢面地出门买菜，甚至可以为了几毛钱的菜价叉腰与商贩讨价还价。

朋友玉子是我认识的女性朋友中最喜欢打扮自己的一个。她会研究什么样的衣服适合戴什么样的耳环，擦什么色号的口红，画什么形状的眉毛。大概由于玉子在幼儿园当老师的缘故，她对待化妆与对待自己的工作一样，都抱有极大的热情和耐心。

我问过玉子：“为什么你单身了一年多时间没去找男友？”她瞟了我一眼，酷酷地说：“我想用单身期提升自己。”的确，现在行为浮夸的男人太多，她不想要那种玩玩而已的恋爱。她理想中的男友要阳光开朗，要热爱生活，更要有一颗积极上进的心。玉子找对象的眼光虽然高，但那是因为她本人也是一个积极努力的阳光女孩。

02

姑娘，在你的盖世英雄尚未驾着七彩祥云到来前，你要好好照顾自己，把自己变得更加美好和优秀。当你参加同学聚会时可以不用忍受别人的白眼，当你靠自己的能力买东西时可以骄傲微笑，当你在职场上一路前进时可以活出自己的精彩。

玉子虽然是单身，但她懂得爱自己，她说只有漂亮的自己遇见白马王子的概率才会提高。她把自己打扮得漂漂亮亮，就是不想辜负现在所处的时光。

在爱情这方面，活得自在便是玉子在单身期所遵循的法则。她不想自己在貌美如花的年纪，把时间大把大把地耗费在如何吸引男人的目光、如何才能找到高富帅、如何才能快点与白马王子相遇这类问题上。

她不去纠结爱情。现在的她要做的，就是让自己活得独立且美丽，然后，把自己打磨成一颗钻石，靠自己的光芒吸引对的人到来。

当一个姑娘不但漂亮而且有才，自然会有男人争着来找你。玉子在工作上很努力，她告诉我，幼师这个职业不仅什么都要懂，还要非

常喜欢小朋友、非常有耐心才行。她本身就很喜欢小孩子，想在幼师这个行业做出一番自己的成绩，利用单身期好好地提高自己，不会因为寂寞而委曲求全，随便找个男人谈恋爱，然后完全依附在男人的身上。

在玉子看来，女人不是男人的附属品，也不需要靠其他物质来衬托。女人就是一个独立的个体，只有当自己散发光芒时才能吸引对的人到来。所以，你想在单身期变得优秀很简单，用远大的目标给予自己希望，以三天、一周、半个月的小目标给予自己信心，激励自己不断前进。

这个世界从不缺美女，但缺少能够做自己的姑娘。也许有美貌、有才情、有能力的人数不胜数，但活得独一无二，活得不盲目、不攀附、不随波逐流的姑娘却屈指可数。当一个姑娘自身美丽且优秀，自然能够吸引与你势均力敌的人陪你仗剑走江湖。同时，你也能为对方增添夺目的光芒。

03

玉子身边有的朋友早早地结了婚，等到她们结婚后才发现，婚姻生活并没有达到自己理想中的样子。这些女人向男人伸手要钱买衣服时，男人会说“败家”；当她们努力去工作时，婆婆会劝她们别把心思耗费在工作上，要多陪伴孩子、多打理家庭。

为什么？因为这类女人不敢做自己，或者说，不敢去尝试青春的更多可能。那些抱怨生活过得单调的人，完全可以在工作之余培养自己的兴趣爱好，从生活的细微之处发现美。影星巩俐说：“我不觉得女孩子有了美貌就拥有一切，如果没有工作能力，很快就会枯萎。”

那些认为结婚生娃后就得听天由命的女人，如果你真的不去认真工作努力挣钱，一旦生活发生变故，那你真的可能得任由命运摆布了。你要知道，一个积极努力并且心气儿高的姑娘从不蛮横，她们只是不想一味地去攀附男人、取悦男人。她们努力工作挣钱，为了自己赚钱买花戴，同时与男人一起为家庭奋斗。

当一个女人足够优秀足够耀眼时，不管别人对你做出任何评价，你都可以不用回头继续大步向前走。只有走在你身后的人才会对你指指点点，走在你前面或者与你一同奔跑的人，都在忙着变得更优秀，忙着努力去过理想中的生活，忙着成为更好的自己。

20岁出头尚且处于单身的姑娘们，与其一门心思纠结如何才能找一户“好人家”，不如让自己成为一颗散发光芒的星星，让优秀的人自然地被你的才貌所吸引。

那么，怎样才能让自己成为“星星”呢？那便是坚持去做自己擅长的事情，发展自己的爱好，从日常的工作与生活中找到有价值的地方做出成绩。因为，你的能力就是你任何时候都能屹立不倒甚至东山再起的底气。

恋爱时的穷，是最好的增值期

01

高中同学笑笑准备在今年春节后结婚。前几天她约我出去喝咖啡，顺便拿请柬给我。那天，笑笑依旧和高中时的她一样，穿着朴素，性格开朗。见面后，我开玩笑说：“都已经成‘阿姨’辈的人了，发了工资，怎么也得买一两件品牌衣服犒劳犒劳自己。”她笑着说：“还是能节约时就节约，以后买奶粉和纸尿裤都很贵。”

笑笑告诉我，现在她和王同学存了一笔钱，已经有结婚的资本了。听见笑笑这样说，我也感慨她和王同学的不容易。

笑笑和王同学都来自小县城的普通家庭，两人在大学里相识，毕业后一起去了深圳工作。笑笑在大学里很努力，她成绩优异拿到了奖学金，还积极参加各种活动拓展人脉，也利用周末时间去餐馆打工、推销饮料或是发传单。王同学也有生意头脑，在大学里和别人合伙做送水生意，周末则会去打零工。总之，两人都是见缝插针式地挣钱，因为成长环境告诉他们，不努力就不会改变贫穷的状况，但如果拼搏，也许能有机会改写命运。

穷并不可怕，就怕穷了还不去努力，为自己的懒惰找借口。恋爱期间的你可以穷，但决不能缺少一颗积极奋斗的心，因为上进心有时候比成功更加重要。

小两口刚刚参加工作时由于工资低，每天都省吃俭用，尽可能少买衣服，为将来结婚存钱。其实双方父母都暗示过小两口不用太拼，能吃饱就好，父母也会出力帮助他们。

但笑笑和王同学并没有这么想。在他们的眼中，父母的养老钱不能动，结婚的房子得靠两个人共同打拼。幸好我们这儿是小城市，房价也不算太高，两人在深圳工作没多久后又回到了家乡。笑笑在私企上班，周末会去街上摆地摊卖衣服饰品，王同学则做销售。虽然很辛苦，但两人为了婚后美好优质的生活，都在咬紧牙关努力打拼。

从笑笑和王同学认识到现在，我见证了他们打拼的历程。谈恋爱期间的他们虽然过得贫穷辛苦，但苦中有乐，因为有自己爱的人一起为未来奋斗。他们都是吃过苦的人，那么拼命为婚后生活努力，就是因为明白婚姻和孩子都需要强有力的物质基础作为保障。

02

新年将至，家人已经开始对我进行催婚。每当我说我想先奋斗、攒一点儿钱，等到30岁再考虑结婚时，我奶奶总会骂我“不孝”。她会列举很多例子告诉我：“你看别人家的孩子，长相也不出众，家庭条件也不好，但人家二十三四岁就结婚了。”而我都26岁了还不谈女朋友，一门心思想着挣钱，“你就是再怎么努力也比不过出身好的孩子，不如安于现状。”

但我并不赞同家人的看法，毕竟每个人的成长环境都不尽相同。我父亲在我十岁那年去世，而后我经历了很多不愉快的事情，也是这样贫穷的经历让我相信，努力奋斗才是活得自在的前提。

然而，每当我提出先挣钱再考虑找对象的问题时，家人总会这样说——

大姑："贫穷才能检验真爱。"

奶奶："你不结婚就是不孝。"

我妈："钱是挣不完的，该结婚时就得结婚。"

表姐："你是不是生育有问题不好意思说？"

难道，婚姻就只是必须要去完成的一道"程序"或是一个"任务"，是为了满足周遭人的心愿而不得不全力配合的表演吗？我想，结婚的前提是彼此真心喜欢，而不是因为"比你年纪小的都结婚了，你也应该结婚了"之类的理由。

在我所见的婚姻里，有物质基础的婚姻可以让家庭质量变得越来越好，可谓是如虎添翼。而没有经济保障的婚姻，两个人则要劳累辛苦，每日为了家庭和孩子奔波。我受过贫穷的折磨，我不想将来自己的爱人吃不好穿不暖，更不想让孩子跟着我们受苦。

虽然说做人要学会知足常乐，但是对于我们这一代人来说，婚姻成本很高，结婚不仅仅是两个家庭的事，更牵扯到下一代。如果因为父母的贫穷导致孩子无法拥有更加优渥的成长环境和学习条件，我会感觉自己对孩子造成了亏欠。

03

发小央央和我说，她想嫁给爱情，但她不知道现在选择的这个男人值不值得自己去爱。听了她的故事后，我发现她现在拥有的就是爱情。

央央和男朋友大斌经朋友介绍认识，央央在美容院上班，大斌则是送外卖的小哥。刚开始时，央央害怕大斌不能带给自己幸福。她想找一个有事业心的男人结婚，自己也存了一笔钱，希望婚后两个人可以共同努力创造美好生活。然而，自从她看见大斌每天起早贪黑地工作，还省吃俭用把钱交给她存着，央央很快便打消了这样的疑虑。

让央央再次感到惆怅的是，她理想中的爱情不应该这么辛苦，应该是美好而无忧无虑的。现在两人每个月咬牙存钱，让她害怕结婚后的日子会不会突然发生变故。我告诉她："你现在拥有的便是很靠谱的爱情。你愿意在男人贫穷时陪他吃苦，他愿意努力赚钱为将来积累资本，这些都足以证明这个男人值得你去依靠。"

很多人说"男有房"是婚姻的潜规则，但在我看来，并不是所有人都会给婚姻明码标价。那个正在陪你为生活打拼的姑娘，她不会欺你少年穷，只怕你不懂得奋斗的重要性。

男人们请记住，爱一个人不单单只是给她安全感，更要给她看见未来的希望和撑起家庭的信心。有些女孩子并不怕陪你在贫穷的年纪吃苦，就怕你明明知道穷却不去拼搏不去努力，整天抱怨父母没给你好的出身环境，抱怨女朋友不努力工作只知道穿着打扮。

04

年轻时自己穷，不怕，正是干劲十足的年纪，有的是时间与机会为美好的生活打拼。恋爱时穷也没关系，大不了两人蜗居在小小的出租房里，工作一天后抱在一起看看电视，第二天就能满血复活，继续为未来努力。但你要知道，婚姻里的贫穷很有可能会让感情渐生嫌隙，让彼此互相埋怨、不断争吵，让生活越来越困顿。

无法确定心意的女孩子们，并不是所有的穷小子都不值得你嫁。那个愿意在恋爱期为婚姻奋斗的男人同样靠谱。而一个有钱人即使给了你快乐，假如他只知道挥霍，这样的感情也岌岌可危。

咬紧牙关努力的男孩子们，别总是抱怨女人爱钱。不是女人爱钱，而是在安全系数低的感情世界里，经济条件有时候比感情更能给女人安全感。

电视剧里童话般的爱情，终究不能搬到普通人的生活里。调整好自己的心态，男人别以穷来否定自己、怨天尤人，女人也别用“钱是安全感”这样的说辞来遮掩自己的虚荣心。你要知道，成年人的感情里，除了看真心，还要权衡利弊。

女人可以不漂亮，但一定要有“嫁值”

那些内心强大、精神丰富、活得丰盛的女人，从来不会因为年龄而困扰。女人年轻时的努力与优秀，在婚后会蜕变成优雅和从容。她们不会因为外界给自己贴的标签而限制住自己，反而活得更加闪耀，从小女生的天真活泼一步步走向“辣妈”的仪态万方。

前几天和小艺以及她的朋友在外面拍照片，上午拍完后下午便坐在咖啡馆闲聊。小艺准备在今年结婚了，我们聊的话题自然围绕她展开。聊着聊着，小艺问：“我有点惶惑，不知道26岁结婚好不好。你觉得女人什么时候结婚比较好？”

听完小艺的话，我“扑哧”一笑：“为什么要别人觉得自己什么时候结婚比较好呢？”小艺说，她身边的朋友、同事、家人都觉得女人在25岁结婚然后生孩子最好。

我问小艺：“那你觉得你26岁结婚好吗？”她笑了笑说挺好的，这时她与老公的心智都更加成熟，更有能力和资本去抵挡生活中的风风雨雨。

小艺的朋友曦曦说她也是在25岁后才结婚的。现在的她30岁，外表看起来很年轻，工作上也很有能力，最近有辞掉工作自己做生意的打算，因为她已经积累了足够的资本。

谈起当初各种被催婚的往事，曦曦说亲戚们都希望她不要一门心思发展事业，赶紧嫁出去。女人太优秀了没人要，活得比男人还强的女人就是“男人婆”。还有人告诉曦曦，小城市的女人不要太过争强好胜，20岁出头时找个人嫁了，安安心心地上班带孩子最好。30岁以后才谈结婚适合在大城市打拼的女人，这些女人有资本，抓得住爱情和婚姻。

难道，女人的爱情与自我发展就得按照别人说的——“你应该这样”，而不能遵循自己的想法——“我就要这样”去自由生长吗？

曦曦说，她在大学里有过一段失败的感情，也是这段经历让她明白，没有资本的女孩失恋后只能哭哭啼啼，而有资本的女孩失恋后至少还可以安慰一下自己，也能让自己去遇见旗鼓相当的另一半。

在这个时代，大家都在拼颜值比身材，其实这些外在的东西都有保质期。真正的资本是别人拿不走的本事与随遇而安的淡然，还有临危不惧的成熟和东山再起的勇气，这些才是真正的了不起。

曦曦与男生是在一次联谊活动中认识的。男生歌唱得好，还会弹吉他，当天他就唱了一首张学友的歌。曦曦主动要了男生的QQ号，因为她也喜欢张学友。

两人聊上没多久男生便主动向曦曦表白，她答应了。刚刚陷入爱河的曦曦认为有了承诺便有了保障，她相信毕业后男生就会娶她。世事难料，两人在一起才半个学期，男生又对其他女生弹吉他唱歌、大献殷勤。曦曦发现后哭闹了好几天，后来闺蜜安慰她：“既然爱情给不了我们安全感，那就努力学习让自己变得更强大。”

大学毕业后，曦曦去了上海一家媒体工作，当时的她一心想着要先在大城市积累经验、开阔眼界、拓宽人脉，然后回到家乡开一家咖啡馆，过自己喜欢的生活。

工作后没多久，家人开始询问曦曦的感情状况，劝她干脆回家乡工作方便相亲，让她别总以事业为重，家里是小康家庭不缺钱。家人的话让曦曦十分郁闷，她向家人解释自己努力打拼不是为了与男人争高下，而是想要追逐自己的梦想，想要过自由自在的生活。

由于受不了家人的催婚，在上海工作没多久后曦曦便回到家乡。家人让她赶紧结婚生子，说过了二十几岁的黄金时间会影响生育。她没有听从父母的要求，而是选择遵从自己的内心，在爱情到来之前努力提升自己，这个过程其实也是在朝着对的人奔跑。

终于，在一次聚会中她遇见了现在的老公。两人三观一致，他尊重她的努力，她在他面前小鸟依人，在外人面前则是活得独立的“辣妈”。

婚姻里，有人活得热烈沸腾，有人活得冷清颓靡。一些女人试图通过婚姻拯救自己，甚至把希望全盘寄托在婚姻里，以为靠一份好的婚姻就能让自己糟糕的人生彻底翻盘。而那些活得热烈的女人，她们没有让婚姻捆绑自己，也没有把全部的人生都寄托在婚姻当中，而是不断地进行自我学习与成长。二十几岁的女孩们，别再一心想着如何才能嫁得好。嫁得好与坏并不重要，重要的是无论你过上了何种姿态的生活，都要有让自己惊艳绽放的资本。

邹小姐是我的一位老师，结婚生子后的她没有因为“女人就应该在家带娃，赚钱的事靠男人”这样的话而放弃自己喜欢的舞蹈以及英语。她仍旧去教小朋友跳舞，仍旧在工作中争取做翻译的机会。

有时候，会在朋友圈看到她晒下午茶聚会的照片，照片上的女人个个妆容精致、举止优雅；有时候，她会晒跑步照片，晒工作收获，也晒三口之家的幸福自拍；有时候，也会看见她出现在电视上。

好多女人结婚后便会被生活、年龄以及孩子捆绑住，日子只能围绕着柴米油盐、鸡毛蒜皮的小事转。

当初和邹小姐聊天时，我问她有没有因为家人的催婚而逼迫自己快点找对象结婚。邹小姐笑称自己也被家人催婚过，所幸父母还是尊重她的选择与决定。但他们有个前提，就是无论单身还是结婚甚至是选择不结婚，都得有让自己过得快乐的资本。这个资本可以让你拥有随遇而安的心态来应对生活的变化。

有人说，现在的男人对女人的要求太高了，尤其是结婚以后，既要你好好带孩子，又要你能工作挣钱；既要你化妆保持好身材，又要你在外人面前打扮朴素；既要你不能太黏人、要独立一点，又要你学会撒娇、要小鸟依人。至少，我身边好几个年轻“辣妈”都有这样的感慨：结婚后比不上谈恋爱时的浪漫了。

我觉得二十几岁这个年龄段正是女人自我建设、奋斗的好时机。当你在生活中有了随遇而安的淡定，当你在婚前足够强大，婚后的你便不会惧怕生活使出的任何招数，因为你有见招拆招的本事。

如果你还是单身，没有必要浪费时间纠结于“嫁不出去怎么办”“我想嫁给有钱人”“我想快点摆脱‘剩女’称号找个爱我的人结婚”这些问题，你应该好好照照镜子看看自己，现在的你有没有让自己活得精彩、过得不畏周遭声音与眼光的资本？

如果没有，请你放下偏见，放下零食与肥皂剧，不要熬夜，不要吃垃圾食品，好好打扮自己，化精致的妆容，穿漂亮的衣服去上班，好好工作，因为说不定你的上班路上或是工作中就会有爱情的奇遇。

你也别总是羡慕其他女人身上夺目闪耀的光芒，与其羡慕，不如让自己也成为一团让人感到温暖的火或是一盏既照亮自己又给别人光明的灯。你只有先拥有立足的资本，才能拥有谈笑风生的淡然。

你是女人，除了可以像栀子花一样清雅幽静，也可以像牡丹、玫瑰般高贵典雅。无论你到了哪个年龄段，生活的好坏都无关别人给你贴的标签。年龄与生活不会套牢你，能够套牢你的是你自己的画地为牢。出色的能力和过人的心理素质是让你立足社会的资本。如果你期待幸福的婚姻，这些便是你寻找理想中另一半的“嫁值”。如果你选择了更少人走的那条路，它们则是让你可以坚持自己、不惧世俗目光的保护伞。

祝你温柔淡然，美好如初

01

一个名叫甜橙的姑娘发信息问我：女人是不是都很容易被婚姻捆绑？

她24岁，突然害怕将来结婚后像身边朋友那般，婚前是公主，婚后是主妇，变得不爱涂脂抹粉，也不爱做护理做指甲，总是随便穿件衣服就出门逛街。

她说身边的朋友结婚生子后，大部分都把自己塑造成了家庭主妇形象，周末约她们出来喝下午茶也推托说工作忙没时间，回家还要做一大堆琐细的事。就连一个婚前每天必须化妆的朋友，婚后也不再提起这件事，每天素颜上班，下班回家带娃。

很多原本可以活成“我就这样”的女人，都变成了别人口中“你应该接受现实”的家庭主妇，她们的工作、生活、婚姻都很枯燥。在她们看来，女人婚后就只能围绕着家庭转，不能散发自己的光芒了。

02

我有一个朋友晚晚，是一名酒吧驻唱，平日里忙着自己的歌唱事业，周末陪孩子玩耍。在晚晚看来，结婚以后的自己并没有被婚姻捆绑，反而越活越精彩。她会精心打扮自己，漂漂亮亮地抱着儿子出门逛街，俨然一副酷酷的“辣妈”范儿。

刚刚毕业时，晚晚白天在幼儿园上班，晚上在酒吧驻唱。那一段时间她过得很累，但是为了做自己喜欢的事也值了，毕竟晚晚喜欢小孩子也喜欢唱歌，两项事业都不想放弃。当然，最开始，晚晚的家人并不支持她去酒吧唱歌，认为她一个姑娘家，在那种灯红酒绿的场合待久了会招来非议。晚晚并不那么认为，她的性格乐观开朗，处世法则就是问心无愧。时间久了之后，晚晚的家人也慢慢能够理解她，支持她在酒吧唱歌。可是幼儿园个别的家长知道她晚上在酒吧唱歌，开始戴着有色眼镜看她，甚至在背后议论纷纷。

人生的选择那么多，晚晚最后选择当一名专职酒吧驻唱歌手，她辞去了幼儿园的工作，一心投入到歌唱事业中。

晚晚很享受在酒吧驻唱的感觉。她喜欢无拘无束，喜欢活出自己的精彩，喜欢过得有趣一些。晚晚当上专职驻唱歌手后，把自己所有的热情都投入进去，只为做出一点小小的成绩，也是为了活出一个女人的多面性。

在酒吧这样的场合唱歌，晚晚也遇到过刁难。有一次，晚晚连续几天被一个客人为难，让她反复唱同一首歌。这个客人喝醉酒后故意扔掉她的话筒，说她唱得不好。面对这种情况，晚晚并不胆怯，也不害怕自己是一个手无缚鸡之力的姑娘斗不过别人。最后在旁人的劝说下，这个客人才罢休。

晚晚的朋友问过她："为什么你可以活得那么无所畏惧？为什么你生娃当妈以后还能有时间打扮自己？"这类人一般都会抱怨自己工作辛苦，工资待遇微薄，回家还要洗衣带娃，周末可能还要加班，实在是没时间打扮自己。

有些女人爱打扮是为了取悦自己，而不是一心想着这样穿男友或老公会不会喜欢。晚晚就是那种懂得取悦自己的女人，她精心打扮自己，既能在街上赢得回头率，又能给她老公赢来掌声。当他们两人在一起时，别人总会羡慕他们的甜蜜。

在晚晚看来，打扮并不一定非得买奢侈品装饰自己，她想做既可以华丽也可以朴素的女人，想用内在的能力滋润自己，让唱歌成为任何时候都能安身立命的资本。

女人最好的姿态，不是靠房子、车子、票子、男人来给自己安全感，为自己标榜优越。一个女人最了不起的姿态，是她们身上拥有独立且强大的能力，这种能力能让她们在任何一种生活环境里，都拥有主动做决定的权力。

03

很多人觉得，生过孩子的女人就没有魅力了。这是一种以偏概全的想法。我身边有一些生过孩子的女人，她们又多了一种美丽，这种美不依托于年龄，而是一种由内而外散发的笃定。

晚晚有了孩子后，并没有被婚姻和孩子捆绑，反而多了"辣妈"的称号。她的身上多了一份淡然，多了一丝从容，多了一点对生活的热爱。姑娘们，你要美，这种美能让你拥有镇住全场的心态，让你拥有不向岁月低头的骄傲，让你有力量去抵挡生活的兵荒马乱。

在我看来，对于年轻"辣妈"的定义不再只是肤白貌美。除了外在的好看，内在的能力抵得了很多针玻尿酸，因为能力会让你一直保持活力，没有保质期的限制，会给你力量并告诉你：别怕，你有资本和能力来领教生活出的各种狠招。

你要学会宠爱自己，但这种宠爱不是一味地买买买，也不是去与男人分高低比输赢，并以此来获得满足感，而是让自己活得不患得患失，不呼天抢地，不惧怕年龄的增长，更不靠取悦获得爱情。

影响一个女人婚后生活过得好或坏的，不是嫁得如何、工作如何、长相如何，而是自己选择的生活姿态。如果你选择如花绽放，那么肯定能够惊艳四方；如果你选择得过且过，那么你自然难以抵御无情岁月带给你的衰老、沧桑和变化。

女人最大的敌人，不是催人老的时间，而是自己给自己设立的诸多限制。如若你选择善待自己，必然会变得越来越美好、洒脱；如若你选择愁眉苦脸、自怨自艾，那就别怪岁月无情。

结婚无关早晚，只有彼此合适

01

我们翻山越岭去寻找那个可以结婚的人。我们见过大海与山川，扛过最难挨的时光，然后才恍然大悟，原来美好一直在身边，只是我们将眼光放得太高，总认为最具生命力的东西一定在远方，忘记了身边也有正在蓬勃生长的事物。

和朋友小艺子聊天时，她回忆起学生时代的青涩往事，感慨着当年陪自己放学的人，现在陪自己走进了婚姻的殿堂。

我和小艺子是高中同学。她和她男朋友在高一认识，一直走到现在谈婚论嫁的年龄。两人在一起那么多年，当然也有过小吵小闹，但正因为他们共同经历过磕绊与争吵，双方也摸清了彼此的生气模式，知道生气后该以怎样的方式来取悦对方，也知道如何避免矛盾的出现。

小艺子长得水灵，是娇小玲珑的美，读高中那会儿就有很多男生追求她。上体育课时，有男生从楼上教室向她扔纸团，上面写着求爱的话；课间，有男生买来零食送给她；学校举办文艺活动时，她仍旧是焦点，调皮的男生会在台下吹口哨喊她的名字。

最终，小艺子选择了隔壁班的郑同学，原因很简单，郑同学沉稳不浮夸，每天放学送她回家，早上去她家楼下等她一起上学。那时候，两人偷偷摸摸地谈恋爱，小艺子以为这只是青春期没有结果的恋情，毕业就会分手，所以她对这份感情并不抱有太大希望，更不敢去构想未来。

没想到，高三那年，郑同学突然去当兵了。我问小艺子这事怎么那么突然，她说是郑同学的父母为了他的前途考虑，决定让他去当兵。至于小艺子这边，虽然有各种不舍，但最终还是选择支持他的决定。

郑同学去当兵后，小艺子与他之间便靠写信与电话联系。随着时光的流逝，小艺子开始担心这样的等待会变质，也会耗费彼此的青春。因为等郑同学退伍后，小艺子还在读大学，她怕他等待不了，更怕他回来后的心态会发生变化。

因为种种的不安，两人经常吵架，小艺子和我倾诉最多的理由是双方都觉得彼此变了，总是在猜忌对方有没有变心。两个人第一次闹分手是在郑同学退伍后，因为小艺子还在读大学，两人不能经常在一起，男生觉得异地恋太累了，而且又刚回家感到很迷茫，便把压力发泄在与小艺子的异地恋中。

两个人闹了分手后，小艺子又找我诉说苦恼，我却并不是很担心，因为我知道，他们两个人分不开，以后肯定还会再复合。而且，小吵小闹其实都是在摸索彼此的生气模式，为了在每一次争吵中发现双方的不足，一起改进磨合。更何况，他们有着深厚的感情基础，就像一首反复听的老歌，一辆每天坐的公交车，一家经常去吃的餐馆，这些早就成了日常生活中必不可少的东西，成了内心深处的习惯与依赖。

果然，这两个人闹了矛盾没多久便又和好如初。虽然在后来漫长的时间中同样闹过不愉快甚至扬言分手，但他们已然把以后生活中会出现的那些不好的情绪提前释放了，也在这些不良情绪中逐渐学会了成熟与责任，懂得了坚持与陪伴。那些小吵小闹，那些共同面对过的时光，都是这份感情珍贵的见证。

说实话，一些朋友认为小艺子在26岁时才结婚“有点晚”，我觉得结婚的早与晚无关“在什么年龄做怎样的事”的说法，婚姻没有早晚，我们只是在适逢其时的年岁遇见了可以相伴一生的人，便把余生托付给彼此好好照顾。

早结婚或者晚结婚都不重要，重要的是，这个人是否是自己真正想用一生的时间去照顾的人。不要为了结婚而结婚，也不要为了去完成周遭人的期待而结婚。婚姻关乎着自己的终身幸福，缘分到了，一切水到渠成，缘分未到，苦苦逼迫只是徒增苦恼。

02

上周，大学同学言言来培训，便打电话约我一起去喝咖啡叙旧。一年多没见她了，她还是和以前一样温婉秀气，唯一的一点变化便是头发烫成了小波浪卷。我问她换了这么好看的新发型，是不是因为爱情。言言笑着回答说的确是因为爱情，而且她计划在今年十月结婚。

言言这么说完，又告诉我她还没有做好结婚的准备，感觉很突然，怕无法适应从一个女人变成一个媳妇、一个母亲，从一个家庭变成两个家庭。听了她的担心，我说：“你也26岁了，会有自己的办法来解决苦恼。”

她惶恐，无外乎是因为未来的不确定性。她看不清未来婚姻的样子，因为一切无法按照计划进行，虽然现在的计划也只是让心里踏实些。其实，只要两个人都有为家庭努力付出的心，柴米油盐的生活开始之后，一切都会迎刃而解。

同学言言与她的男友是在大学里谈的恋爱，多年的感情基础才让这份感情得以开花结果。他们也和大多数情侣一样，刚开始恋爱时感觉很新鲜，时间久了便会出现疲惫甚至吵架，但两人知道，争吵来得快去得也快，因为彼此都需要对方的存在，两个人分不开。

我问她：“男方父母对你这个未过门的媳妇有什么看法？”

言言笑着说：“双方父母都没什么意见，他们觉得彼此都是成年人了，有责任去承担婚姻。父母们不过分干涉我们的婚姻生活，只是从旁搭把手，毕竟生活是属于我们自己的。”

我打趣说果然都是知识分子家庭，长辈们的看法很开明。继而，我又八卦询问彩礼钱，言言告诉我，父母也没明码标价，逼着男方必须拿出多少钱、一辆好车或一套房子才能上门提亲。父母的看法是无论出多少彩礼钱，彼此一定要忠诚，要用心过日子，与其用物质捆绑感情，不如用真心对待，牵手走过柴米油盐的平淡生活。

03

仔细想想，诸如“二十二三岁结婚太早了”，或者“二十五六岁是必须得谈婚论嫁的年龄、必须得结婚了”之类的说法，其实并无道理。我们觉得结婚早，大抵是还没有遇见那个值得谈婚论嫁的人，所以觉得早早结婚了的人会被婚姻束缚。

换个角度想想，若是在二十二三岁的年龄遇见了可以结婚的人，定然不会觉得这个年龄结婚太早，反而还会认为一切都是恰如其分的安排。正如张爱玲所言："于千万人之中遇见你所遇见的人，于千万年之中，时间的无涯的荒野里，没有早一步，也没有晚一步，刚巧赶上了。"这是极浪漫又温柔的了。

早结婚或晚结婚并不影响双方追求幸福的脚步与程度，那些早早结婚了的人，他们可以提前学习解决婚姻问题的招数，练好内功。那些结婚晚的人，心智成熟了，三观也得到了修炼，这时候，双方更懂得结婚是柴米油盐的陪伴，褪去了青春年少的莽撞，反而多了几分亲和，知道"珍惜"二字多么不容易。

少女时代里，姑娘们总渴望着像大明星那般拥有出众的样貌与显赫的名声，抑或渴望像杨绛与钱钟书那样情深意笃、琴瑟和鸣的感情。工作几年后，姑娘们才意识到任何幻想都是虚妄，想要的东西只有靠自己争取，只有这样，才能给自己制造钢盔铁甲般的安全感。

婚姻没有所谓的"标准时间"，不要因为身边的朋友同学都结婚了，孩子能打酱油了，便开始着急自己为什么还没遇见那个对的人。又或者在自己还没有对另一半完全了解的情况下，就急急忙忙地结婚了，最后又来哭着说悔不当初。

别担心爱情里面的出场顺序，也别慌张结婚的时间点，当你做好了准备，那么，爱情和婚姻自是水到渠成的事。

结婚前，问清楚自己婚姻带给你的是什么，或者，你能从婚姻中学到什么。不要在乎旁人定义的结婚年龄，婚姻是你自己的，感情正确了，就不存在错误的结婚年龄。

对的人不会缺席，只是来得晚一些

01

张小娴说："想要忘记一段感情，方法永远只有一个：时间和新欢。要是时间和新欢也不能让你忘记一段感情，原因只有一个：时间不够长，新欢不够好。"

还记得我很喜欢的歌手林宥嘉向同是歌手的丁文琪求婚时的场景。听他唱过太多的苦情歌，这一次，他只给他最爱的女人唱幸福的歌，也不用在茫茫人海中落单了。终于，他在这个刚刚好的年纪，遇见了恰到好处的她，决定彼此携手度过余生。

在这个一切都在飞速变化的年代，想要在茫茫人海中找到那个可以陪自己闯天涯的人很难。如果真的遇见了那个人，请你不要辜负也不要浪费，因为当你慢慢长大后才会发现，那些与你有缘的人，以后真的是很难遇见了。

这几日我一直单曲循环林宥嘉的《成全》以及他和郁可唯合唱的《浪费》，在这两首歌里，我听到了暗恋过、失去过的人的共鸣。

02

别人都说只有备胎才懂得《浪费》这首歌当中的心酸，然而对于我这个连备胎都称不上的人来说，听懂了《浪费》，也就学会了放下。

仔细想想，你恰好出现在我失败的青春期恋爱之后。从那时候起，我就开始暗恋你，到如今也已有五年。可笑的是，我知道你我之间并没有未来，我却一直坚持着，认为会有奇迹发生。可最终现实证明了，一切都是错误。

刚认识你的时候，我和很多暗恋者一样，小心翼翼地喜欢你，喜欢你笑起来的样子，喜欢你撩头发的动作，喜欢和你坐在一起说话，喜欢第一时间打开信息看是不是你的消息，喜欢与你彻夜聊天，喜欢与你互道晚安……我那么喜欢你，而你，却并没有那么喜欢我，只是把我当最好的朋友。

后来，你去了沿海城市读大学。你走的时候说，愿我们在大学里都能找到一段合适的感情。如你所愿，你找到了合适的感情，可最后被他伤害得满身伤痕。如你所愿，我谈过一次网恋，惨淡收场，最终没有再恋爱。

你被他伤得体无完肤，可依旧心甘情愿地被爱情伤害，因为你喜欢他。即便如此，你依然没有回头看过我。而我，或许像《浪费》的歌词所说，已经习惯被你浪费青春。

但是你知道吗？当我们都大学毕业参加工作后，当你开始问我多久能找到结婚的对象时，当你开始说你想结婚，想找人依靠一辈子时，我就知道，曾经为你付出的那么多年真的是太傻了，但我却又那么心甘情愿。你总是和我聊有男生追你，你和我说也许你会在二十六七岁就结婚，你说你结婚时会叫我去当伴郎，因为我们是很多年的好朋友。

我没说话，只是在心里告诉自己，虽然曾经不值得，但现在回头是岸，我会放下你，更会去寻找自己的幸福。你结婚时我不去，你和谁谈恋爱我不关心，我只关心现在的我何时能遇见陪我体验喜怒哀乐的人。

03

林宥嘉唱的《成全》这首歌，十分适合我的朋友宇宇，因为她的的确确成全了前任。

宇宇说，她刚开始学着去忘记小毛时，无论如何都找不到办法。那时候的她，总是幻想还有机会能够重新开始。宇宇和小毛是在一次同学聚会上认识的，因为小毛唱了一首周杰伦的歌曲，宇宇觉得很好听，就主动与他聊天。慢慢地，两个人便有了交集。

只是碍于学业，宇宇没有答应小毛的追求。高考结束后，小毛选择当兵，宇宇说她要等小毛回来，她愿意等。小毛当兵前告诉宇宇，别等他了，不值得，不如找个人好好谈恋爱，合适就结婚。只是宇宇一直心甘情愿地等他。

小毛退伍后，宇宇还在读大学，宇宇让小毛等她，小毛说好。事实上，小毛退伍后他的前任女友就来找他复合，而宇宇一直都被蒙在鼓里。

后来，小毛答应了前女友的要求，两人复合了。小毛扔给宇宇一句话："对不起，害你浪费了青春等我。"小毛告诉宇宇，他和前女友有深厚的感情基础，他非常爱她，所以只能抛弃宇宇。

感情这件事就是那么难以捉摸，宇宇后来跟我一样，好几年没谈恋爱，就是因为忘不了。

她说：

“我家里还有给你准备好的毛巾、牙刷、拖鞋，还有烟灰缸，我怕万一你回头，我什么都没有准备。”

“我家里还悄悄收藏着我们唯一的合照，我舍不得烧毁。”

“我家里还有你爱穿的白衬衣，你爱用的洗发水。”

“我家狗狗还记得你身上的气味。”

“我妈妈偶尔会问起你怎么不来吃饭，她总以为我们还在一起。”

宇宇也用了好几年的时间来忘记。她选择成全前任，毕竟与一个不爱自己的人在一起，对于彼此而言都是折磨。不如放手成全，既是让对方圆满，也是放过自己。给自己留一条退路，去重新遇见那个美好温暖的人。

到最后，长大了、释怀了、懂事了才发现，有一种离开是放过彼此。只有离开了错的人，才能够遇见适合的人。那些让你难过的爱与痛，到最后，都成了能打满分的爱情必修课。回头望望，幸好歇斯底里的往事，都成了过去。

那么多年了，到现在，我也彻底放下了。当时间足够长，当你身边出现了能够给你肩膀依靠的那个人，你会发现，原来你以为忘不了、抹不去、还在等的人，一直都只是你自己的一厢情愿。

04

现在的你也许和我一样，工作爱情都没什么成绩。身边的同学朋友早就结婚有了小孩，而你，还没遇见那个聊得来的伴。

你怕黑，怕一个人走路，怕一个人旅行，怕哭了没人给你肩膀依靠，怕伤心时没人在你耳边说“有我在”，怕喜悦时没人分享，怕不会再遇见年少时那样奋不顾身去爱的人了。

你开始沉默寡言，想认识新朋友却又很慢热。你的圈子变小了，在熟人面前是话痨，在陌生人面前一言不发。你和前任分手后，以为自己丢了盔甲，其实是封藏了软肋。

也许你和我一样，被爱情狠狠地伤过，总是掏心掏肺地对每个人好，却被时间狠狠地扇了耳光。时间让你知道，有些人，无论是恋人还是朋友，时间久了都会改变，能够像你那般真心对待他人的人，屈指可数。

也许你和我一样，着急爱情到来得太慢，担心自己再也遇不到喜欢的人，也怕等到那个对的人终于出现，自己已经过了最好的年纪，没有心力再去享受美好单纯的爱情。

没关系的。爱情是一趟列车，当你等来了那辆带你回家的车，曾经的一切都会涣然冰释。现在的我虽然孤单一人，但很努力地让生活过得美满，也很努力地去寻找那个对的人。把自己照顾好，才能以最好的姿态与对方相见。

别再对前任抱有幻想，别再企图重新来过，别再问“你能不能再回头和我说说话”，因为转身之后，我们可能这辈子都不会再见了。

不要去为离开了的人遗憾或是后悔，青春就是不断遇见新人又与旧人分别的过程。我们无非是在“你好”与“再见”中学会成长，学会坚强。

对过去最好的原谅，不是眼泪，而是微笑；对过去最好的释怀，不是祝福，而是彼此都找到了对的人。

找个你喜欢的人，过欢喜的一生

Part 2

倦鸟有林，鲸鱼有海，我拥有你

01

凄风苦雨我替你挡，万水千山我陪你走。你喜欢诗歌，那我就做你的月亮；你喜欢温暖，那我就做你的太阳；你喜欢依赖，那我就做你的大树。无论你喜欢什么，我都会变成你需要的样子，给你一生的陪伴。

情人节那天和老谯在他的酒吧喝酒时，他突然严肃地说他想给我讲一个故事。我还没缓过神来，他直接告诉我自己遇见了一个女孩，名叫彤彤，是一个文艺妹子，她擅长绘画与摄影，目前在文体单位工作。

听他这么说完，我倒是有点好奇："她到底是什么类型的女孩呢？赶紧进她微信朋友圈给我看看。"在我的印象中，一向沉稳的老谯从来不会拿这样的事开玩笑。如果他真的对一个女孩子有感觉，那必然是对方有过人之处打动了他。

女孩的朋友圈里记录了她的日常生活与工作状态，有美美的自拍、工作的收获、与闺蜜的下午茶、喜爱的美食……这些小细节都能够说明，她肯定是个温暖美好的姑娘。

我问老谯，彤彤究竟是哪一点吸引了他。他思考了一会儿，摸摸脑袋告诉我，兴许是彤彤身上那股安静与文艺的气息让他着迷，又或者说是某一种久违的情愫让他沉沦。毕竟老谯也单身了好几年，他的宁缺毋滥，不是因为眼光高，而是觉得爱情不应该只是排遣寂寞的工具。爱情应该是因为遇见了一个人，愿意与对方拿一辈子的时间来做美好的事情，过细水长流的生活。

对于一个男人而言，一生爱过很多人的感情并不值得骄傲。一生只爱一个人，从“校服”爱到“西装婚纱”的长情才了不起。

02

老谯与彤彤是异地恋，所以两人大部分的时间只能打电话或者发微信聊天，但这并不妨碍他们感情的升温。

彤彤喜欢吃甜食，每次老谯去找她时都会给她买蛋糕；彤彤肠胃不好，老谯每一次都帮她买药，并再三叮嘱她照顾好自己。

每逢周末，老谯都会开车去找彤彤玩，请她吃饭然后一起看电影，偶像剧里的桥段他都照做了，唯独还没有牵手。他只是摸过彤彤的脑袋、轻轻碰过她的手，因为彤彤担心仓促恋爱会受伤，觉得两人还需要时间用来了解彼此。老谯尊重她的决定，因为他自己也不是潦草对待爱情的人。你看，这些细节组合在一起，其实就是生活里的小幸福。

我们总喜欢嚷嚷着要找对的人，要嫁给爱情，然而忽略了感情里的适合与喜欢是在平淡日子里慢慢磨合、摸索出来的，没有一蹴而就的喜欢，只有一点一滴的陪伴。

对爱情顾虑太多的女孩，大抵都缺乏安全感，彤彤亦是如此。她的顾虑，源于安全感的缺乏以及之前的感情经历带来的伤害。彤彤在大学里的第一场恋爱以分手收场，短短的几个月时间就已经让她难以接受，为此，她伤心难过了好一阵子。

在爱情中，我们都一样，会害怕当自己奋不顾身去爱一个人时，这个人又悄无声息地离开；会害怕在自己纠结眼前的人值不值得用力去爱时，对方的爱意汹涌袭来，让你感到措手不及。

我们爱过也被爱过，伤害过别人，也被别人伤害过。到现在，对爱情小心翼翼不是因为抗拒爱情或者不想恋爱，而是因为过了把恋爱当儿戏的年纪，不像年少时，以为分手了再找就好。现在，只想找一个刚刚好的人，认认真真地度过余生。

在我看来，老谯对彤彤应该不是因为冲动，也许是一种久违的情愫在拨弄心弦，让他想去和眼前的人试试。毕竟在成年人的感情里，成熟大于冲动，相比于一见钟情，更多的是责任与担当，是给对方希望与家的归属感。

男人的爱向来沉默、隐秘，他不会24小时对你说“我爱你”，甚至并不懂什么浪漫，但是他做的事情让你感到踏实，他的努力与事业心让你有安全感。

平日里，老谯与彤彤经常打电话聊天，会聊彼此的过去，也会聊各自的生活与兴趣爱好，两人时常聊到深夜才依依不舍地挂断电话睡觉。老谯有时间就会去找彤彤玩，两人一起吃饭聊天，虽然琐碎平淡，但每一次的交流都让老谯更加相信了缘分这个词。为什么呢？有两件事情足以证明。

有一次，老谯喝醉酒后起床晚了，才知道彤彤一个人坐在早餐店等了好几个小时。等到老谯赶过去时，看见彤彤想生气却又故作淡定的表情，觉得她很是可爱。

还有一次，彤彤与朋友在外地吃饭，而当时的老谯已经买好了礼物准备去找彤彤玩，谁知道情况有变，老谯当时想都没想，一脚油门踩到C城去找彤彤，两人当时就在同一家餐厅吃饭。碍于彤彤的朋友在，老谯也不方便送她回家，只是以偶遇的方式把礼物送给她，谁知道，彤彤像小女生一样，一个劲儿地向老谯解释。看见彤彤解释的样子，老谯心里就在想，也许爱情的伟大就在于每一个小细节都可能被无限放大，让人沦陷。

03

说起来，老谯与彤彤两人都单身了很久，毕竟大家都是成年人了，不想随意，只想与一人走到底。

两人初次相识，没有那么多惊天动地的故事，只有老谯在生活里给彤彤的细节组成的那些感动与美好。这些也足够说明，爱情里，惊天动地的东西终究只有一刹那，是转瞬即逝的烟花，看似绚丽，实际虚空。只有那些朴实的小细节，才能组合成细水长流的生活。

爱情很简单，不用去纠结那么多为什么，无非就是我看着你的时候你刚好也在看我。爱情也没有那么遥不可及，不需要声势浩大的事情去点缀。爱情就是很简单的我喜欢你，你喜欢我，我们愿意用一辈子的时间去听彼此的唠唠叨叨。

在这个“我爱你”越来越容易说出口的年代，请你学会以感恩的心去面对那个能够在茫茫人海中遇见的人。毕竟，不是每个人都能够有缘分相遇，若是遇见了、在一起了，请你一定要好好珍惜。

我要的是爱情，不是解决寂寞的人

01

现在的你是否和我一样？单身了好几年还没找到合适的对象，被亲戚催婚成了家常便饭。

新年期间，家人总是以“我都是为你好”的口吻催我赶紧找对象。谁不想赶紧遇见合适的人，过温暖甜蜜的生活呢？我说我也有努力寻找，然而要找到合适的太难了。

面对爱情，我也会焦虑，会害怕单身一辈子。然而我要找的是对象，不是解决寂寞的人。我要过的是细水长流的生活，不是短暂喧闹的情人节。

02

朋友晴晴问我情人节准备怎么过，她说：“咱俩都是单身贵族，要不然一起去参加‘脱单派对’？”我没有立马回答，反问她：“你单身久了，会害怕吗？一个人难过的时候会哭吗？”

她一边打理头发，一边微微笑着说自己已经很久没有哭过了，况且也没有什么事情值得她伤心。沉默了一会儿，晴晴又说，即便要哭，她也只为深爱的人而哭。就算是哭花了妆容，哭得歇斯底里，那也是心甘情愿。更何况，在自己所爱的人面前哭也会有安全感。

听完晴晴的话，我又问她："既然现在的你冷暖自知，又何必急不可耐地去找对象呢？"晴晴最近一段时间的状态和我之前很像，逢人便求对方帮忙介绍对象，马不停蹄地参加异性多的活动，更是一直在焦虑"找不到对象怎么办""我怎么还没遇见对的人"这类问题。

我们会因为长辈的催婚或者长时间的单身而感到焦虑，也曾费心费力地去寻找爱情，然而结果却不尽如人意。其实，我们都不应该为别人的期待而活，也不该为了满足别人的心愿而结婚。婚姻关系着两个家庭，应该理智看待。当你还不能独当一面迎接爱情乃至婚姻之前，就先别忙着去解决单身问题。你需要做的是建设自己，让自己变得更优秀，那时，自然会吸引他人欣赏的目光。

03

晴晴和前男友分手那会儿，也难过了一段时间。

谈起曾经，晴晴无所谓地说无非是因为太年轻了，不懂得情情爱爱，也没想过会因为一个人单身近两年时间。也许不是因为忘不了，而是还没遇见那个值得让自己如飞蛾扑火般再去爱上的人。

那年分手后，晴晴也花了一段时间来治愈爱情中受到的创伤。那时候，她参加舞蹈培训班，研究衣服搭配，化精致的妆容，也会和朋友去聚会唱歌，因为只要她闲下来，家人就开始催着她找男友、结婚，说女人过了吃青春饭的年纪，就该向男人乞讨爱情了。

七大姑八大姨们一边催着晴晴赶快找合适的男友结婚，一边又在吐槽婚姻："我家那个现在居然敢藏私房钱，胆子越来越大了""我对老公太失望了，他总喜欢把臭袜子扔在沙发上，看见就很来气”“我家的一个亲戚，因为教孩子写作业和老公吵了好几天”……

面对周遭不同的声音，晴晴很彷徨，她一边在内心呐喊自己不要过这种灰头土脸的生活，一边又担心万一过了貌美如花的年纪，真的嫁不出去了该怎么办。

于是，有一段时间她已经妥协了。家人给她介绍相亲对象，她也很努力地去适应，然而还是一个都没看上，因为没有感觉，毕竟结婚的前提是彼此喜欢。到后来，她索性听从内心的声音，过好自己所处的当下，先取悦自己，再花一点心思去迎接爱情的到来。

晴晴热爱工作也热爱生活，喜欢下厨、做手工、打羽毛球，喜欢化妆打扮自己，周末也会和姐妹们喝下午茶，或者一起爬山运动。她觉得自己现在的状态很好，可是在长辈们的眼中，她的婚姻大事还是迫在眉睫。亲戚们一个劲儿地劝她赶紧从身边的人下手，感情可以慢慢培养，不要再信奉什么“嫁给爱情”的口号。家人的思想观念让她感到无奈，但自己又不想妥协，“脱单”与“被逼婚”的双重压力让她喘不过气。

爱情有时候很神奇，你苦苦寻找时寻不着，你不想要时又送上门。但不要来者不拒，无论对于爱情还是婚姻。你找到什么样的对象，便是找到所对应的生活。如果你因为寂寞去寻找爱情，那么你找到的，也同样是只为了解决寂寞的人。如果你因为喜欢去寻找爱情，那么你找到的，也许真的是对的人。若是你找到性格互补的另一半，他带给你他的精彩故事，替你抚平岁月里的褶皱；若是你找到爱好相同的另一半，你舞蹈时他奏乐，生活里充满着“小确幸”。

每个人都会独自扛过一段单身期，或长或短。看着身边有人早早地脱单，别害怕，他们与你对待爱情的观念不同，与爱情的缘分也有早晚。单身的时候，你可以做的就是不断丰满自己的羽翼。当你身披彩衣准备好后，再去与爱情碰撞出自己的火花，而不是在寂寞时、被催婚无奈时、想要逃避问题时去选择结婚。

04

可悲的是，我们总会因为这样或那样的原因，试图去达到别人眼中爱情或婚姻的标准。

他们说要早点结婚早点养儿防老，于是我们顺从了。他们说女人就应该靠婚姻翻盘、靠男人生长，于是婚后的女人们大多活成了向生活妥协的模样。

生活中充满了“他们说”，而不是“我说”。也许是因为，大多数人都缺乏安全感，喜欢听别人的安排，做被动的选择题而不是主动的证明题，不敢活出自己精彩的生活与傲然的姿态。于是，我们一次次选择妥协。

有读者发信息跟我诉说，半年前她跟一个男人闪婚，结婚后发现矛盾太多，男方性格倔强又爱赌博，最后离婚反而落得一身轻松。

一个朋友家庭条件优渥，却也面临着母亲的催婚。最后在朋友聚会上认识了一个男人，于是迅速见了双方父母，长辈们一拍即合安排婚事。谁知道两个月后真相大白，当初嚷嚷着买别墅的男方竟然是一个骗子，最后两人不欢而散。

我自己因为家人催婚压力大，前段时间找了一个女孩恋爱，半个月后发现自己被骗得团团转，最终惨淡收场。我把这事和家人说后，他们异口同声地回答好姑娘很多，还有更好的姑娘在前方等待着我。可见，家人的催婚号角依然不停。

这篇文章里的朋友晴晴，现在快和男友结婚了，她与男友也是穿越茫茫人海，最终才相遇。所以，面临长辈们的催婚时，请你不要认为自己走投无路了，便选择缴械投降。如果在爱情里因为担心找不到对的人而选择病急乱投医，换来的结果有可能也不尽如人意。

亲爱的，以自己的方式与态度寻找爱情，不是与他人对抗或斗争，而是为了让自己将来的婚姻生活过得美好，为了心里有归属感。不妨把长辈们的催婚当成鞭策，一边成为更好的人，一边努力寻找爱情吧。当你用心找到了那个合适的人，所有单身期的辛苦等待都会春暖花开。

你来得早晚没关系，重要的是你来了

01

这些年，你过得好不好？

我不知道此时此刻的你有没有找到那个可以牵手走一生的人，也许你身旁的朋友同学都结婚了，都找到了那个值得为对方的喜怒哀乐付出所有的人，而仍旧孤单行走的你开始慌张了。你在心里反反复复地问自己，我还要等待多少个春夏秋冬，那个值得我去好好爱护的人才会到来？

你感到焦虑、不安，把时间都耗费在了忧愁中，却未曾仔细想过，爱情没有到来时，一个人可以先好好生活，努力经营自己，等到自己变得更耀眼时，遇见爱情的概率也会增加。假如你在这样的时机下遇见了最想厮守一辈子的人，作为男生，你有条件为对方遮风挡雨；作为女生，你也可以有十足的底气告诉对方：“我有能力买得起面包，所以，不要以施舍的态度给我爱情，我要的是你的真心。”

可是实际上，才刚刚20岁出头的你已经开始按捺不住了。

承认吧，你有多么想摆脱单身，想谈恋爱，想赶紧遇见可以谈婚论嫁的人。

至少有时候的我真的是这样，想赶紧摆脱这么多年的单身生活。然而我知道，越是焦急地去盼望越有可能会失望。如果我顺其自然，趁此机会努力让自己变得更好，也许会与那个人不期而遇。

亲爱的姑娘，我知道你害怕一个人睡觉，害怕一个人走夜路回家，害怕晚上醒来后不敢一个人去上厕所。你时常会担心，等到那个人拿到你生命的入场券，已经错过了你最好的年华与青春，那些言情小说里发生的浪漫剧情，会与你貌美如花的时光一同逐渐远去。

亲爱的男孩，我知道你有苦难言，你把欢喜挂在脸上，忧愁自己消化。别人都对你说现在的女孩子很现实，将来你要找一个会持家的女孩。然而，我希望无论你以后会遇见怎样的女孩，现在的你都不要忘记打拼，不要忘记努力。

世间的相遇，并不一定非得讲究如期而至。当你以为山重水复疑无路时，转个弯，或者回过头，抑或换个心态对待生活，也许柳暗花明就会在下一刻出现。

02

很多人问，一个女人应该活出怎样的姿态才美呢？在我看来，女人的美貌不被年龄限制，只要你不向岁月投降，女孩子在不同的年龄段都有不同的美。

齐同学是我在2015年认识的一个朋友，和我一样是一名作者。

她在2015年考进了小县城的事业单位，白天忙于工作，晚上在灯下奋笔疾书，手指在键盘上舞蹈，让文字梦想绽放。有时候我问齐同学："你业余时间都拿来写文章了，哪还有时间去找男朋友呀？"

我每次故意拿找对象这事逗她时，她都会一本正经地告诉我："我不会太着急去找结婚对象，因为忙着找有可能会狗急跳墙随便应付婚姻，我可不想自己的婚姻生活过得无聊颓靡。我要以顺其自然的态度对待爱情，把主要精力用于自我建设方面。"

齐同学告诉我，她知道自己的优势与劣势，所以她扬长避短，努力奋斗，尽可能地为自己创造一个好的生活。她不会像其他女人一样，试图靠婚姻改变生活。她知道婚姻会改变人的性情，但不能拯救一个人，所以，她想靠现在的奋斗为将来打基础。

有时候，齐同学也会故意炫耀说单位里某某男生又请她吃饭了，但她没感觉。我又问她喜欢什么类型的男生。她告诉我，感觉对了，一切就对了。

有人在风风火火的日子里，活出波澜不惊的状态；有人在岁月静好的日子里，活出策马奔腾的骄傲。人这一生，只为活出自己的精彩。每个人都有不同的活法，但我们的目的都一样，都是为了去体验生命更多的美好，去欣赏一次花开、一片流云、一汪溪水，去感受岁月的变迁。

03

在茫茫人海中，如果你和一个人有缘相遇甚至相爱，能够好好在一起时就不要争吵，毕竟能够听你唠唠叨叨、忍让你脾气的人并不多。我们能与此时此刻在眼前陪伴的人相爱，已是莫大的福分。

让人愉悦的感情，不是24小时如胶似漆不分离，而是当对方忙自己的事情时，你也在为自己的梦想打拼。各自为未来奋斗时可以在自己的领域闪耀，组合在一起时，又是一团耀眼的光芒。

与一个人相爱很容易，但是相爱后学会包容、理解却是婚姻里的必修课。爱情和做人一样，没有十全十美，也不必要求对方完美无瑕。正因为爱情可能会有曲终人散的悲凉，相遇才更显得弥足珍贵。

现在的你是单身也好，有人陪伴也罢，希望我们都不要想着不劳而获，什么都不做只是干等着爱情到来。我相信自我提升的过程既能增加与对的人相遇的机会，又能给自己带来安全感。

至少，当我说“你终于来了”时，你可以笑着说：“嗯，来了就不打算走了，要在你这儿住一辈子。”

以自由自在的态度过一生

女人到底应该活出怎样的姿态才美？无论男女，很多人都在讨论这个话题。有人要求女人既漂亮又能干，但又不能太过于强势，需要柔情似水时必须得温柔。又有人觉得，一个优雅的女人要懂艺术、有修养，即使不能做到对琴棋书画、诗酒茶花都了如指掌，至少也要过得精致漂亮。

我认为，旁人不应该去给一个姑娘贴标签，规定要活成什么样子才算美或成功。这类的标签都带有限制性，一旦贴上了，就得完全按照这套标准和模式去发展，很难活出属于姑娘们自己独一无二的姿态。

在我的理解中，所谓活得美、活得成功的样子是：面对选择时，你既有内心的从容，也有主动决定的资本；面对生活时，你既可以气派豪华，也可以粗茶淡饭。你内心饱满、充实、丰盛，日子过得精致，何必去跟“成功”这样的字眼较真，非得活成别人眼中所认为的“成功”的样子呢？经营好你现在的生活，先让自己成长为有能力的人，待到拥有了过岁月静好的日子的本事，你就能云淡风轻地去面对生活的是是非非，你就会明白，所谓活得美、活得成功的样子，只是展示给外人看的虚无。

谈起女人的美丽、精致与涵养，国内女人我很欣赏杨澜、董卿、林青霞，国外女人我欣赏奥黛丽·赫本、苏菲·玛索，当然还有很多其他活得独立且优秀漂亮的女人。

这一类女人，她们活得光芒闪闪，不会因为别人贴了“你是女人不要争强”“你是女人应该做好家庭主妇的事”这类标签而限制自己的发展，反而绽放出了女人最美丽动人的姿态。

比如英国女演员奥黛丽·赫本，很多人是因为电影《罗马假日》而认识了这个优雅秀丽的女人。她很美，这种美带有一点东方女性的小家碧玉，但同时也有外国女性的明媚张扬。

奥黛丽·赫本出生在一个贵族家庭，从小便自带光环。这时，你会觉得她出身好，走的路当然也顺畅。其实，赫本并没有那么好命，年幼时的一场变故让她的家庭支离破碎，她亦开始过上了颠沛流离的生活。

经历过一些风浪和波折后，赫本在机缘巧合之下开始从事模特工作。在此期间，她除了拍杂志广告，也会去参加一些舞台剧演出，毕竟芭蕾舞曾经是她的梦想。因为身高的优势，赫本意外得到《罗马假日》剧组的试镜机会，她最终完美出演，也因为这部电影一夜之间成为家喻户晓的人物，获得了奥斯卡最佳女主角奖，成了众人追捧的优雅女神。

好运并不是一直都会眷顾一个人，想要有好运眷顾的前提是你自己不断的努力。命运变化无常，当赫本因为一些事情被命运捉弄后，她并没有一蹶不振，相反，她一直都在努力寻找出路。后来的演艺经历让赫本把人生这副牌打得精彩漂亮，还赢回了传统保守的人们对于新女性的理解。

你努力把自己变成优秀的人，才更有机会拓宽眼界和格局，遇见更加开阔的碧海蓝天。

赫本走红以后，人们都称赞她才貌双全，也有人开始模仿她的经典造型。当然，脾性温和的赫本并没有忘记提升自己，她依旧会看书，会学习舞蹈与电影知识，也会关注时尚和慈善事业。

别人都用惊艳来形容赫本的美丽，但我认为，“惊艳”只是昙花一现，赫本能够成为大家都欣赏的女神，靠的并不单单只是美貌，更重要的是内在的知识与修养。女孩子们，不要以为婚姻可以给你带来坚不可摧的安全感，真正的安全感是要为自身建立随遇而安的资本和屹立不倒的能力，这些才是你活得无畏无惧的勇气所在。

对于爱情而言，请你记住，宁缺毋滥不是挑剔，找到那个与你旗鼓相当的人过日子才有趣。身边有朋友经历过一段失败的感情后，说自己将来一定要嫁给爱情。我问她觉得怎样才算是嫁给爱情，她思考了一会儿说，她心目中嫁给爱情的样子就是找到互相喜欢的人一起为家庭打拼，而不是在父母的逼婚之下为了结婚而结婚。

所谓嫁给爱情就是嫁对人。遇见一个互相了解的人，彼此喜欢，懂得理解、包容、体谅，两个人都愿意用一辈子的时间听对方唠唠叨叨，即使吵吵闹闹也愿意不离不弃，这就是所谓的嫁给爱情。

大部分女人总是号称自己要嫁给爱情，嫁给爱情不是让你眼巴巴地站在原地，傻傻地等待爱情主动来找你。爱情没有到来时除了主动寻找爱情，也要建设自己，用自己身上散发的光芒吸引爱情的到来。

你努力变优秀的目的，是用一颗更加包容的心看待这个世界。别人欺负你时你有能力还击，爱情没有到来时你也同样活得精彩。当那个对的人出现在你身边时，彼此都势均力敌，这样的爱情才不会太累。即使将来婚姻出现危机，你同样有资本和底气去面对生活里的风风雨雨，用理性的思维来分析爱情里的选择。

亲爱的姑娘，嫁给爱情与活得自由，不是靠外界给你贴的标签，而是要靠自己去创造、去追求。

外婆，天黑了，你快回来吃饭好不好

外婆，我又梦见你了。

你走的这一年以来，我总是反复梦见你。在梦里，我坐在你家老房子的门槛上看书，你在灶房里给我做蛋炒饭。不一会儿，你端着香喷喷的蛋炒饭走过来说“吃饭了”，然后又打肥皂帮我洗手，说“都是大男孩了还不知道吃饭前要洗手”，然后又说“你爸以前都比你爱干净”。

我记得你家门口有一棵很老的花椒树，你告诉我那是花椒，可以用来做菜，但我却看见你喜欢在上面晒衣服。你也会经常和我说我妈和我爸的恋爱故事，也会说你妈妈的故事，说艰苦年代里那些平凡又琐碎的事。

我记得你还在的时候，每到周末或者逢年过节时，全家人都会买上鸡鸭鱼肉去你家吃饭。那时候多美好多快乐啊，一家人有说有笑，你看见我们去你家玩也很开心，眼睛会笑成一条线。

外婆，去年的这个时候我们一大家子还在你家吃饭，你自己也说你的身体能扛到过年，你还要等着我结婚。我还打趣地说你重男轻女，你也调皮地告诉我我爸也重男轻女，跟着我爸学来的。

我记得去年你住院之前，你说想出门走走，我搀扶着你慢慢地下楼，走到平地时你把我的手甩开，说不用我扶，你一个人能走。我站在后面看着你一个人趔趔趄趄地走着，悄悄地拍了一张你的背影。看着你沧桑又佝偻的身影，我百感交集，突然不想有所谓的来生了，因为又要经历爱恨情仇、生老病死，太累了。

你生病吃药时总是和我说："你看这人活得太久了就是不好，总是让你妈和你姨妈来伺候我给我做饭。我活到83岁这个年纪真是让你们遭罪了。"

你从医院回来后在家过得也很痛苦，你自己也经常说："我快不行了，可是没活够，可惜了，可惜了。"我问你可惜什么，你不语，只是眼里噙着泪水看着我又说："你要对你妈好，她这一辈子不容易，她命太苦了。"我握着你孱弱的双手答应下来。

遗憾的是，岁月才不管你舍不舍得，岁月要带走的东西即便是拿泪水去挽留也留不住。那天，你还是走了。

作家简媜写过这样一段话："我们的一生花很长的时间与心力处理'生'的问题，却只有很短的时间处理'老病死'，甚至，也有人抵死不愿意面对这无人能免的终极问题。"

在岁月面前，花落过后有花开，黑夜过后有白昼，冬天过后有春天，唯独我们与家人相处的时光，只有渐行渐远。

外婆，你知道吗？你火化那天，我妈拉着我跪地痛哭，尤其是当你的身体一下子被推进火化室后，我妈撕心裂肺地喊出的那一句"妈"。我又记起父亲去世时，我妈号啕大哭的场景。

那时我才十岁，兴许是年纪小，不懂这样的离别没有“下次再见”的含义，父亲火化前的场景我好像只能记得一些模糊的画面。我记得当时的我哭不出来，舅妈和我妈让我赶紧多叫几声爸爸，说以后就没有爸爸了，就再也不会喊这个词了。那时我才哭了出来。

自我记事起到现在，我的人生字典里逐渐失去了“爷爷”“大伯”“爸爸”“外婆”这些词。

我时常想不要有所谓的“下辈子”了，我怕万一又和今生有过缘分的人重新做家人、爱人、朋友，但又要去承担生离死别的疼痛，我实在承受不起。

这二十多年的时间里，我真的有太多承受不起。

我自卑、内向、胆小、软弱、敏感，我承受不起生活里的风霜雨雪，很多事情我要独自去扛，很多话我只能往肚子里咽。

我已经快三十岁了，但依旧缺乏安全感。坐电梯会担心电梯故障，车开得太快就会心跳加速，一个人出门住酒店时必须开着灯才能睡着。

亲人的离世于每个人而言，是难以承受的悲楚。在我很小的时候就目睹过爷爷与父亲的去世，再加上没有父爱以及学生时代被人欺负的经历，过去的种种导致我特别缺乏安全感，特别害怕失去，因为我不知道该拿什么来抵挡失去带来的悲伤与痛苦。

外婆，你知道吗？我常常想着你和父亲都还在。去年你还和我说，等我搬到新房子了，你就去我家玩，在我家住。等我结婚了，你就可以帮我带小孩。可是你等不起了，你还是走了。

外婆，又快过年了。有时候闭上眼，感觉仿佛一切都没有变，我们一大家子去你家吃饭，你和表姐以及舅妈坐在沙发上看电视，我妈和三姨妈在厨房里做饭，两个小侄女在旁边玩玩具，其他姑姑舅舅们则在打麻将。这时候有人敲门，你会说："赶饭点的人来了。"我想到这些时既高兴又难过。

我知道想要摆脱伤痛，唯有一遍遍地去复习伤痛，在一遍遍的复习中渐渐麻木，最后才能变得无所畏惧。

简媜在《谁在银闪闪的地方，等你》中写道："生命的真谛，不在于带走什么，在于留下什么。不在于如何开始，在于怎么结束。"有时想想，外婆给予我的那些时光都留存在记忆里，这对于我而言，也是最珍贵的礼物。

既然过去的时光那么快乐，又何必庸人自扰、画地为牢呢？希望写下这篇文章后我能够告诉自己："你释放了一次泪水，你又战胜了软弱的自己，从今天起，请习惯这世间的悲欢离合，请以平常心去对待生活的酸甜苦辣。"

请允许自己悲伤，但别把泪水当三餐，把心碎当习惯，更别因为悲伤就陷入泥淖从此一蹶不振。

分手的态度，影响你下一段感情的好坏

01

网上有个问题：“为什么有人会与深爱的伴侣分手？”我问过身边的朋友萧萧，她说不怕与深爱的人分手，就怕分手前对方没给你打预防针，突然有一天一声不吭地提分手，这比面对面地说分手更让人难受。

萧萧与前任杜先生分手时，伤心了好一阵子。那半个月时间里，她买醉、熬夜、蓬头垢面，她反复问我为什么杜先生要一声不吭地提分手，在这之前她根本没有预感到杜先生会和自己说分手。

我问过萧萧，在分手前杜先生有没有什么变化。萧萧告诉我，杜先生除了工作忙不爱和她约会以及下班回家比较晚以外，其他的都很正常。听见萧萧这样的回答，我想，或许冷暴力才是感情里最可怕的东西。

女人不怕你大张旗鼓地说分手，就怕你的分手来得毫无预兆，并且不留情面地攻城略地，最后留下她一人狼狈地站在原地号啕大哭，还要自己收拾残局。

萧萧的前男友在前期会找理由让萧萧带些化妆品回家，剩下几件衣服鞋子也是在提出分手的当天开车送去萧萧家楼下。萧萧完全不懂为什么会这样，一直哭一直问为什么，杜先生也不肯当面做出解释，就只是在电话里对萧萧说二人不合适，他累了，想休息。

我想，缺乏新鲜感也许是导致朋友与前任分手的原因之一，但并不是主要原因，或许二人之间真的不合适吧。直到现在，提起前任，萧萧仍然纳闷为什么他们的分手毫无预兆，为什么分手不能当面说。如果彼此都有缺点和不完美的地方，可以改进可以磨合，但如果真的不合适，好聚好散就行，何必冷暴力式分手？

对于分手，尤其是毫无前兆的分手，大多数人都难以接受。但是你要知道，失去可以说是我们每个人的必修课。

如果失去了爱情和最爱的人，你要做的不是死缠烂打，也不是争吵谩骂，是微笑祝福，祝你找到更好的人，我也同样能遇见属于自己的幸福。宽恕彼此，放过彼此，好过互相折磨。

爱情里的敢爱敢恨，是你拥有爱时爱得自信大方，爱得问心无愧，失去爱时可以恨，但不记仇，不因为分手影响自己的生活，更别耽误自己遇见对的人。

02

如果前任来找你复合，你会答应吗？

我问过朋友茉莉，她斩钉截铁地告诉我她会，只不过她还是弄丢了那个深夜里为她买夜宵、在大街上由她无理取闹、蹲下为她系鞋带、把工资上交给她的大壮。

茉莉与大壮在大学认识，毕业后又异地恋半年时间。茉莉来自单

亲家庭，所以十分缺乏安全感，但她想要的归属感大壮都能给。我很纳闷，俩人都到了谈婚论嫁的程度为何要分手，弄丢了这段人人羡慕的感情。

茉莉告诉我，分手后的第二天她就后悔了，只是偏执地不肯回头。尽管大壮试图挽回，但茉莉那时还在气头上，态度强硬不肯同意，想等大壮多哄哄自己。但是感情经不起考验，一次次的伤心只会让对方越发失望。

大壮结婚那天茉莉也去参加了。婚礼上，茉莉哭得很厉害，旁人问她怎么了，她说看得很感动，不知道自己多久才能遇见那个对的人。其实，她是后悔当初大壮找她复合时自己的拒绝。她在台下哭，他在台上哽咽着说感谢，其中还提到感谢他“老大”陪他走过了最美好的岁月，愿幸福伴她一生。茉莉知道，大壮口中的“老大”就是自己，这句暗语只有他俩知道。只是如今，都到了懂得如何去爱的年纪，却错过了值得奋不顾身去爱的人。

你担心着她能不能了解他所有的脾气习惯。比如他会像小孩一样半夜踢被子，她会给他盖好吗？他是过敏体质，她能照顾好吗？他不说话就代表默认了，她知道吗？他喜欢穿黑色Polo衫，她会要求他穿T恤吗？

我知道你难过的不是他恋爱了、结婚了，也不是他找到了那个相濡以沫的人，而是你知道他的所有习惯，却不能再和他一起经历这一切了。

现在我终于明白，这并不是一个说了“我爱你”之后，对方就必须与你一生相守的年代。相爱与分手一样都很难去解释为什么，甚至没有所谓的对错与意义，更没有所谓的辜负。若是因为同情而选择继续在一起，这才是错误的行为。没有缘分的两个人，与其互相消耗，不如放过彼此，让对方幸福的同时，自己也能收获碧海蓝天。

有人说，能不能和一个人走一辈子，最终还得看时间。的确，时间会帮你起到筛选检验的作用，但并不一直都是这样。不要光靠天长地久来检验爱情，那些说要给你一辈子安全感的人，也许会随着两个人的成长、际遇发生改变，因为在时间面前，总有未知数。

检验爱情的方法，得在一蔬一饭的生活里、在日复一日细水长流的寻常琐碎里去寻找。

03

在我看来，所有的分手都有迹可循，没有半路杀出个程咬金，突然在电话里谈分手，只是你没有发现对方想和你分手前给的暗示而已。如果你发现另一半有以下情况，那么要开始注意了：

（1）莫名其妙的冷战

如果对方想和你分手，对你的态度肯定由热情转为冷淡，而莫名其妙的冷战便是直接手段，尤其是你起床后发微信问他在干吗，他晚上才回复甚至不回，直到你打电话询问他才说以为自己回了或是忘了。

（2）悄悄地玩手机

如果你的恋人喜欢躲在一边悄悄玩手机，并且不给你看手机内容，还把所有密码都修改了，你就得注意了。尤其是朋友圈设置三天可见，对方有可能删除了与你的合照。

（3）与你减少了亲密行为

如果你的另一半不再与你有诸如亲吻之类的亲密动作，毫无疑问，对方可能是想告诉你他已经对你失去感觉了。

（4）喜欢找你吵架

尽管你没做错事，但对方就是喜欢找你吵架激怒你，无非是想给分手找个理由而已。

感情无非就是结伴同行而已。若是有缘遇见了，或牵手或搭肩，一起行走在路上看四季流年的变化，不去问这段路程的长短，不去问将来的变化，只关心当下。若是真的道不同，那么便不相为谋，说一句祝福，道一句珍重。

爱情不比输赢，不看胜负，爱情只看你拥有的时候是否真心真意对待过，离开的时候能否平静淡然地说声好聚好散。

有仪式感的分手不是矫情做作，而是修养的体现，因为你上一段感情的收尾，影响着下一段感情的开始，甚至会影响你未来将遇见怎样的人。

等遇见了你，我就成了我们

Part 3

一辈子很短，别在错的人身上浪费时光

凌晨时分，我和晚玥、雅希在KTV唱完歌准备回家。走出KTV的那一刻，夜晚的冷风把我们三个人都吹得清醒了很多，晚玥语气笃定地说："自此之后，与前任有关的一切我都不想了解也不想关心了，我只想知道那个对的人何时到来。"

晚玥虽然是带着酒气说的这句话，但我分明从她的口气里听到了心酸和难过。我说："别怕，还有我们呢，千万要记得在你难过时，还有朋友给你拥抱，温暖着你。"

那天我们三个人聊了很多与感情有关的话题。那天晚上，晚玥一直都在循环唱着梁汉文的《缠绵游戏》，她说歌词像是在写她与前男友，爱情游戏过后，没有温存，只有背道而驰。

我听着晚玥带着酒意和我说她的故事。她以前很少和我讲这些，她对于过去不愿再提及，也不愿意分享自己的伤心。作为朋友，我很心疼她，我希望她快乐，希望她想笑的时候就大声地笑、放肆地笑，想哭的时候就卸掉伪装狠狠地哭、毫无保留地哭。

晚玥借着酒劲把她与前任的一切都告诉了我。她和我说完整个故事后沉默了一会儿，然后仰着头眨了几下眼睛，声音低沉地说："在尚未遇见右先生之前，我幻想过会在路口的拐角处遇见那个对的人。如果意中人不出现，那么我就等。等得来皆大欢喜，等不来也就认命。直到遇见右先生后，我才知道爱情不能等，要主动去遇见。”

晚玥和右先生是在一次朋友聚会上相识的。那时候，彼此都正值青春年华，视爱情为一切，爱得惊天动地。晚玥说，刚开始是右先生主动追求她，给她买布娃娃、口红、发卡逗她开心。晚玥好奇一个大大咧咧的男生怎么知道买这些东西送给女生，后来她才知道，原来右先生是让朋友带着他去买这些小礼物送给她的。

刚开始时，晚玥并没有很快答应右先生的追求，因为她害怕这段感情来得快去得也快。右先生也不着急，默默地在身边陪伴着她。过了两三个月后，二人的感情逐渐浓厚，右先生又再次向晚玥求爱。晚玥觉得右先生是她可以奋不顾身去爱的人，就答应了右先生的追求。

他们的爱情并没有那么多轰轰烈烈的故事，晚玥说她和右先生在一起的时光虽然平淡，但恰好又是那些平淡组成了所有的美好。晚玥有时候有点孩子气的天真，而右先生恰好又是那个可以包容她的人，这让晚玥更加确定了右先生在她心里的位置。

那时候，两人一起在外面租房住。右先生下班回家后会买菜做饭，晚玥则负责收拾屋子。两人一起做饭、吃饭、洗碗、遛狗，晚玥反反复复跟我提了好几遍她和右先生在外租房住的时光，我能想象出两人的幸福。

或许是因为太年轻吧，好景不长，两个人最后还是分手了。分手的理由是右先生想去外地发展，不想一辈子被小城市困住。右先生就这样撂下狠话离开了晚玥，也轻易地放弃了那么多年的感情。最后男生还是辜负了女生，两个人还是背道而驰。

晚玥不明白为什么结局会是这样。她原本以为当她把所有的爱和希望放在右先生身上时，右先生会带着她一起去大城市打拼。她以为他不会放弃自己，谁知道右先生还是离开了她。晚玥猜想，兴许是爱太久腻味了，没有爱下去的新鲜感了吧。

分手之后，晚玥想主动找右先生和好。可惜的是，倔强的我们只想等着前任回头，最后等来的却只是各自珍重这些冠冕堂皇的话。

失恋的那段日子里，晚玥会去翻右先生的微博，看看他最近的动态，再看看评论里有哪些人与他互动；她会去向朋友打听右先生过得好不好；她会反反复复地怀念和右先生一起在外租房住的日子。甚至，她会以买醉来惩罚自己。

当然，晚玥喝醉酒后又会控制不住打电话给右先生。她会哭着和右先生说很多很多的话，目的只有一个，那便是重新开始。但这根本不可能，因为当一个人不爱你之后，就算你再怎么去改变、取悦、讨好，他都不会爱你。

电影里演出的放下太假了，忘记一个人哪有那么轻描淡写。在生活中，放下一个人的过程必然是痛苦的。

有时候我们怀念的或许不是前任这个人，而是遗憾自己陪他走过了青春，他却说散就散。当初他说要带你去很多地方游玩，列了很多你们要完成的清单，甚至连生儿育女的计划都有了，你充满期待，你觉得这就是你理想中爱情的样子。

突然有一天分手了，你痛苦万分，却要一个人慢慢扛过那些难挨的时光。所以啊，你要感谢你自己，毕竟自己才是那个一直陪在你身边不离不弃的人。

我不知道晚玥是如何放下的，反正她告诉我当她在KTV唱《后来》时，听懂了《后来》，也就学会了彻底放下。我说：“早放下早好，毕竟他并不是那个值得你念念不忘的人，你的伤心和痴情在对方看来，只是茶余饭后的笑料而已。”

每一次你狠狠哭着怀念前任时，你可知道，前任说不定过得比你逍遥快活。那些一起牵手走过的路，那些一起相拥而眠的夜晚，那些为他欢笑、为他流泪的画面，前任在决绝地和你说分手时就已经选择放下了。

你呢，把一刹那的芳华当作一辈子的温暖，把停靠一时的站台当作一辈子的依靠，你伤心难过，你沉湎于回忆，你画地为牢，可你从未想过，分手并不是你的错。

总要等到那些配不上你的人从你的世界离开，你才会遇见真正适合你的人。同样的，那些让你痛苦不堪的回忆只有选择放下与释然，你才会遇见属于自己的春暖花开。

后来，晚玥扔掉了前任送给她的所有东西，她说这并不代表她还会为此伤心，而是为了迎接全新的生活与自己。

听见她这样说我就放心了，当初那个大大咧咧、乐观开朗的女孩又回来了。现在的晚玥已经找到了让自己开心快乐的方法，她的身边也出现了一个可以逗她笑的人。

我以前写过一句话：“在爱情里，恰逢是曾经离开了的人教会自己成长，也庆幸是对方离开，才能空出位置让新欢到来。”时光宝贵，请远离那些对你不好的人，那么美好的你，应该让自己贵气一点，把时间留给值得的人和事。

年少时，我们害怕分手、害怕错过，现在，尝过了那么多物是人非的滋味后才慢慢懂得，只有经历过几次刻骨铭心的感情，错过几个

奋不顾身爱过的人，我们才会知道一辈子并不长，没有那么多青春年少拿来伤心感慨。你要做的是把时间用来珍惜对的人，而不是耗费在错的人身上。

过去的我们把跌倒、失恋、悲伤当作秘密一样小心翼翼地收藏着，害怕别人看见自己的狼狈，宁愿独自舔舐伤口、吞咽苦楚，也不愿在别人面前暴露出自己脆弱的一面。当你真正经历了是是非非后才会恍然大悟，那些让你遗憾、难过、疼痛的，终究是在帮助你成长。

在你还没有遇见那个陪你策马闯江湖的人之前，你要做的应该是把自己变得优秀美好，让自己身披彩衣头戴光环去与对的人碰头，而不是沉湎于过去，为往事而伤感。你一定要相信，你脚步铿锵地大步向前走时，前方也会有和你同样温暖如光的人，正朝你快马加鞭地赶来。

答应我，别再为往事伤心了。一定要让自己幸福，好吗?

与其念念不忘，不如好聚好散

有一天，你会走出画地为牢的困境，也会放下不堪回首的往事，你会感谢失去，感谢离开，感谢那个让你在深夜里狠狠哭过的人，感谢那些把你伤得心如刀绞的回忆。如果没有前任的离开，你又怎会遇见此时此刻陪你细水长流的人？又怎会懂得失恋的意义是让你学会成长，体会幸福的来之不易？

当然，你又会问我，失恋后到底要用多长时间才能痊愈？说实话，我也不知道要多久，但我相信时间会为你治愈一切。

如果你看得开、放得下，经常以积极美好的话语鼓励自己，主动去遇见对的人，那么，你的心伤能够快速痊愈，因为时间让你学会了原宥。如果你放不下，没关系，多花点时间在一个人的生活里提升自己，给自己一个机会重新审视感情，这也是一件好事。

闺蜜Maggie说，周杰伦开了一场又一场的演唱会，可是当初那个要陪她去看周杰伦演唱会的男孩却失约了。男孩找到了另外一个陪他牵手旅行、陪他喜怒哀乐的人。他不会在酒吧当着所有人的面深情款款地给她唱《简单爱》了，他已经快要成为别人的新郎了，他再也不会回头看她了。

我能理解Maggie的不甘心，不过既然往事不再，又何必去纠结呢？沉湎于往事的结果无非是耽搁自己成长，整日唉声叹气让自己成为一个悲观的人。

几年前，Maggie认识了那个让她爱得义无反顾的男生小松，一个爱健身、爱唱歌、爱玩乐器的阳光男孩。直到现在，Maggie说起她和小松在一起的时光时依旧会嘴角上扬，依旧会闭着眼睛回忆往事的美好。

两个人的相遇倒是稀松平常。因为我们这儿的城市特别小，Maggie和小松恰好住在同一条线上，她去学校的路上总能碰见小松。就这样，由于两人经常碰面，男生便主动跟她打招呼，并向她要了联系方式，女生当然心动，想着见面好几次的男生终于主动找自己说话了，便留下了手机号，回家后二人便有一搭没一搭地聊着。

在聊天中Maggie觉得很愉快，小松给她的感觉也就是四肢发达、头脑简单。比如，Maggie故意说周末不用补课，但是在家里好无聊想上街走走，小松便一脸严肃地告诉她要以学业为重，不要总想着出门。每当Maggie假装说肚子疼时，小松会立马买药跑到Maggie家楼下然后叫她出来取。

其实，Maggie之所以这样做就是想试探小松到底是一个怎样的人。经过一段时间的了解后，每逢周末，小松都会约Maggie出门看电影喝奶茶，Maggie觉得这种感觉很好，二人也就不知不觉走在了一起。没有谁先说我爱你，两人几乎是同时爱上了对方。

暑假过后，小松要回北京读大学，他告诉Maggie要等他回来。Maggie想都没想便答应下来，不就是异地恋吗，怕什么呢？

小松去北京读书后便和Maggie谈起了异地恋，一南一北的距离并没有让这段感情降温，反而愈演愈烈。他们虽然没有像别的情侣那般经常在一起吃饭、逛街、看电影，但是，两人会经常视频聊天，小松会给Maggie展示自己的日常生活，Maggie也会和他分享生活趣事，二人更会连着语音听着彼此的呼吸声睡觉。

在我看来，异地恋对Maggie而言是一件好事，她可以让自己学会在感情里独立，也能学会如何理智地去爱一个人。过去她爱得太用力了，每天都在担心小松会不会离开自己。

Maggie以捆绑的形式去对待感情，因为爱得奋不顾身也爱得太投入，所以她害怕失去。但是她忘记了很重要的一点，太用力地去约束一段感情，最后得到的结果只能是两败俱伤。

等到小松放假回家后便去酒吧当驻唱歌手赚钱。我第一次听小松唱的歌是《残酷月光》。我依然记得那天晚上和Maggie在酒吧里听小松唱歌，他深情款款地对着Maggie一字一句地唱着，眼神里全是无声的承诺，看得我很感动。

我看了看Maggie，她的眼中泪光婆娑。我问她："为什么要哭呢？起码你现在还拥有着，像我就可悲了，连用力去爱的人都没有。"

她不说话，沉默了一会儿后和我说了很多。大抵是因为酒精的作用，说到伤心处她哭了。她擦了擦眼泪以笃定的语气对我说："你知道吗，很多时候我想放下所有跟他结婚，甚至他去哪儿我就去哪儿，但我分明知道我和他没有未来，因为我爱得太用力了，会伤着他。"

她说她不是那个陪他牵手过一生的人，也不是那个可以从女友变成老婆的人，不能为他洗衣做饭，不能听他弹吉他唱歌，更不能陪他完成他的音乐梦想，因为她知道青春期的爱情宛如花开一瞬，总会枯萎凋零。

的确，Maggie和小松在一起的几年时间里，Maggie经常对我说的话便是“我和小松吵架了”“我和小松又和好了”“我很害怕他会离开我怎么办”，我知道Maggie爱得太用力了，她担心的无非是小松在酒吧唱歌时会不会被其他女人勾搭，小松在外地读大学时会不会背着她和别的女孩拉扯不清，这些担心让Maggie变得很敏感，变得患得患失。

朋友们都和Maggie说过，对于男朋友不要看管得太严，张弛有度即可，抓得太紧了他会厌烦，太松了他会觉得你不在乎他。松紧有度则刚刚好，既如胶似漆，又能给彼此留一点私密的空间透个气。感情要的不是密不透风，而是像风筝那般天高海阔任凭你飞，但我始终牵着你。

年少时的感情都是这样，刚开始轰轰烈烈，等到时间久了就缺少了新鲜感。我记得Maggie和小松真正的吵架是某次Maggie让小松在街上等她，可是等到Maggie到达约定地点后小松还没来，她生气了便一直催。等小松到了，Maggie竟在大庭广众之下扇了小松一记耳光，并且非常生气地呵斥小松为什么迟到。男人总是要面子的，小松见她这样做，头也不回地走掉了。

事情发生后Maggie很后悔，她又赶紧去找小松解释，可是小松不接电话，她便发短信和他说了很多。到了晚上，Maggie打电话告诉我小松要和她分手，因为她把他管束得太严格了，根本不给他透气的机会。

前期无数次的小吵小闹给这次争吵进行了铺垫，小松彻底地爆发了，他不再退步、忍让，和Maggie敞开心扉说了她的种种不是。面对分手的结局，Maggie试图去挽留，她说她会改变，但是小松却说回不去了。她知道，并不是回不去了，而是彼此都长大了，不像当初那么单纯美好了。

他和她相爱时平平淡淡，分手时亦是如此。分手后，Maggie没有大吵大闹，她选择忍受，选择独自吞咽苦楚，选择默默看他的微博动态，选择去相信会有那么一天，小松走到她面前说："你还好吗？我们好久不见，不如一起吃个饭然后重新在一起？"呵，这是多么可笑的幻想，一切都回不去了。

她失去了他。他不会在冬天里用肚子给她暖脚了，不会攒着工资给她买礼物逗她开心了，不会在她感冒时给她熬姜糖水了，不会在她半夜里说想吃东西时骑着摩托给她送去了。因为他已经找到了那个对他好的女孩了。

分手之后的Maggie表面上看着不以为意，其实她还是很在乎小松，还是会在夜深人静时听着情歌流眼泪。她和我说过无数次，只要小松肯回头，她愿意放弃一切重新开始。她说她弄丢了青春期，也弄丢了那个无条件对她好的男人。

要忘记一个深深爱过的人，最好的方式是什么？不是以恶毒的语言咒骂他，也不是找对方一哭二闹三上吊，更不是到处和别人说他有多差，而是我祝福你过得幸福快乐，希望我也同样过得幸福快乐。我对你还有爱意，但这种爱意仅仅是因为彼此相爱过，无关其他。

这些年里，我看着Maggie在感情里逐步成熟、理智，甚至可以毫不避讳地承认是小松的离开让自己在感情里学会了独立，也学会了如何去爱。现在，Maggie终于遇见了一个可以和她共度余生的男人。

那天，我和Maggie一起吃饭时她突然说自己想结婚了。我笑着说这是好事，能够释怀过去展望未来更是好事。可是，感情要的是慎重、理智，尤其是对于婚姻而言，更要三思而后行。

我明白Maggie内心的想法。她看着身边的人都结婚了自己也很慌张，也想赶快找一个人稳定下来，然后去过幸福美好的生活。但是，我更希望大家在谈到婚姻时，更成熟理智一些，不能因为一时兴起或同龄人带来的压力而选择结婚，这些都是很幼稚的想法。

希望你不再是当初爱得天真莽撞的小女孩了，希望你对待感情理智而成熟。希望你提起往事时波澜不惊，谈及未来时闪闪发光。希望你孤单时总有肩膀让你依靠，希望你流泪时有人在你身旁说："乖，别怕，我一直都在。"

爱情里，卑微换不来天长地久

那些在感情里爱得太卑微的人，像一根不起眼的头发丝或是地上的一粒尘埃，只要给一个微弱的信号便会热情地回应，给一点微风的抚慰便会盛大地起舞。他们仰着头去爱一个人，却忘了对方是在高傲、居高临下地看着自己。

雅希问我："在爱情里爱得太卑微了，会不会无法做自己？"

我想了一会儿告诉她："我也不知道如何回答你这个问题，因为曾经的我也是一个在爱情里爱得特别卑微的人。和前任在一起时，我想方设法地对她好，拼尽全力地讨对方的欢心。我以为我爱得那么汹涌她也会同样爱我爱得奋不顾身，结果是我想太多，她只对我爱七分，我却对她爱十分。分手后我终于明白了，真正的爱情没有高低，只有平等的付出。"

雅希听我说完后，又问我："那么卑微地爱着一个人，会不会后悔？"我斩钉截铁地说："不后悔。"我知道雅希的心思，她无非就是想知道还有没有人像她一般那么卑微地爱着一个人，这个世界上是不是只有她一个人的爱情需要这样委曲求全。

在这个世界上，有很多人与你我一样，曾经卑微地爱过一个人。

我们拼尽全力地爱着对方，总是害怕对方感受不到自己对他的好，爱对方胜过爱自己。最后被爱情伤得溃不成军才发现，在爱情里爱得太卑微的人，其实是缺乏安全感的。

雅希刚和前男友林子分手时，只字不提自己的“傻”，还在念着前任的“好”。林子有一段时间在外地上班，雅希担心他过得不好，更担心外面的饭菜难吃，便隔三岔五地请假跑到林子上班的城市帮他洗衣做饭。

朋友们都劝雅希，说不必对过去念念不忘了，那个男人不值得她去怀念。但雅希那时候还偏执地认为自己付出了那么多会让前任感动，会让他回头与自己重新开始。她真是太傻太天真了。

每当雅希想前男友时，她会主动发微信问对方在干吗。聊着聊着，前任开始动歪脑筋，问雅希身上有没有钱，他需要几百块钱买一个东西。在前男友的花言巧语下，雅希还是和曾经一样傻，居然真的把钱给了前任。

其实她不知道，她对林子已经太好太好了。两人在一起时，付出最多的总是雅希，无论是坐车、吃饭还是购物，基本上都是女生出钱，男生从来不会主动付钱。问及原因，女生说恋爱里不分彼此。对，恋爱的确不分彼此，但恋爱讲究的是平等，你给我阳光，我便还你温暖，而不是我给你温暖，你欲求不满。

除了在金钱这一块对前男友特别舍得外，两人每次因为琐事吵架，最先妥协的总是雅希，男生总是高高在上。就算是男生不对，雅希也会检讨自己，觉得是自己做得不够好才惹男友生气，继而又变着花样地去逗男友开心。她的这种做法我们几个朋友都不赞成，大家都说她爱得已经失去自我了，男女交往中最忌讳的便是不平等的爱。

你爱一个人若是爱得特别卑微，你的付出在对方眼中便成了理所当然。因为对方早已习惯了这样的关系，只知道坐等收获，对你指指点点，从不看看自己为这份感情做过什么。他们认为你所有的付出都是应该的，一旦你没有那么用力地去爱了，对方又会说你变了。其实你没变，你只是学会了心疼自己。

雅希和男友在一起一年多的时间，总共在男友身上花费了几万块钱，因为她实在是太爱他了，或者说，她太害怕失去他了，她以为只要疯狂地对男友好，他就能一直留在自己身边陪自己到地老天荒。但是她想错了。我说："你这是在用物质套着前男友，不是爱。一旦你停止了物质上的给予，那么他会立马走人，甚至他都不会和你打一声招呼。"

爱得太卑微的人，注定要一次又一次地在爱情里丢掉尊严，一次又一次地受伤，最后还要强撑着假装快乐。感情就好比是一辆马车，不该是一人挥着鞭子指挥，另外一人坐着享受。我认为好的感情是两个人共同掌握方向，是互帮互助共同进步，而不是你高高在上地指导我应该如何去爱。

曾经，雅希总爱问我："为什么我为他付出了那么多，最终得到的却是分手，连一句谢谢都没有？"我不知道该如何回答。

她是用物质拼命地对一个人好，曾经的我，是用感情拼命地对一个人好。等到时过境迁、物是人非后才发现，这一切根本不值得。爱得太卑微了，在感情里便永远都只能充当被动的角色，没有主动的权利，更没有发脾气的资格。因为你缺乏安全感，你害怕失去，所以你特别在意这段感情。

因为害怕失去，即便你发现半夜醉酒回家的男友身上有女人的口红印、头发丝、香水味，你也会假装没发现然后帮他洗衣服，你怕你的质问换来的是分手；因为害怕失去，你准备了一周的烛光晚餐因为男友的一句周末有应酬而不得不取消，你不敢去强求太多，你害怕男友大发雷霆最后选择离开。你总是以为只要一切顺着对方来就能换取岁月静好的幸福生活，实际上，地久天长靠的不是一方的抓紧，而是双方的维系。

作家张小娴说："留住一个人的，从来不是卑微，而是活得出色和独立。"美好的爱情不是靠丢掉尊严的妥协，爱一个人也不是傻乎乎地付出、取悦、迎合，为了让对方满意而去改变自己。如果对方不爱你，无论你做出任何改变，他还是不会爱你。相反的，只会把自己搞得像批发市场的促销商品一样，廉价又低端。

感情里，如果对方以"你要为我改变我们才能继续发展下去"为理由来要求你去改变自己，那么我认为大可不必继续发展了。你为对方改变一些小缺点可以，但完全改变自己倒是真没必要。况且，他喜欢的是改变之后他所期待的你，而不是那个原本的、真实的你。爱情不是为了把你留在我的身边而委曲求全迎合你，爱情是像花儿与蝴蝶那般彼此吸引、共同成长。

最近一段时间，雅希总是想尽快摆脱单身，感受两个人的温暖。我和雅希说："去爱可以，爱得疯狂也可以，但不要再让自己变得卑微，更不要为爱委屈了自己。你在爱情里的性格和我太像了，我们都是缺乏安全感的人，都会把感情当救命稻草那般抓得紧紧的，最后又会被那些感情所伤害。"

我见证过雅希洒脱放下前任的过程，也看见过她悄悄流泪的样子。一旦别人给她介绍对象，她就会马不停蹄地对对方好，因为她想让男生知道，她是一个在感情里爱得很努力的人。一旦你给她一点阳光，她便会开出一片花海让你知道她的心意与热情。

前几天，雅希和我说有个男生和她在微信上聊得火热，但仅仅只是聊天，因为男生没有主动和女生坦白心意，女生则更不可能主动去表白了。我问她："那你为什么要贪恋这种耽搁时间并且毫无意义的聊天呢？"她笑着告诉我："当身边没人陪伴时，如果有人陪自己说说话聊聊天感觉挺好，至少下班回到家后不再是一个人抱着小狗坐在床上看剧，而是有人和我闲聊打发时间。"我告诉她："聊天可以，但不要沉迷，当你把时间花费在聊天的过程中时，有可能会耽误自己与对的人的相遇。更何况，在聊天的过程中语言暧昧的男生有可能并不是真的爱你，只是想撩你而已。对于在爱情里爱得太卑微的女生而言，千万不要把这种聊天关系当成是真爱，也许对方只是打发时间而已。"

我提醒过雅希，下一次恋爱时不要爱得掏心掏肺了。她说她知道，她不会再像以前那样傻傻地去爱一个人，爱到弄丢了自己的灵魂。她要去寻找一份爱得平等的感情，就算现在单身也不会害怕，因为单身期也是一个人自我提升的好时机，至少她可以趁现在学会理智面对感情。

如果将来你遇见一个在爱情里爱得特别卑微的人，除了好好珍惜，也请记得告诉对方，爱情不是一个人写完剧本又负责演出，两个人要共同参与。如果曾经的你或者现在的你是一个爱得卑微的人，也请记得告诉自己，在爱情里爱得奋不顾身并不是一件好事，毕竟平等才会让爱长久，卑微只会让爱变得不公平。

亲爱的，希望你懂得，凡是需要以卑微的姿态去抓紧的人，都不值得你去爱。

愿你输过之后，仍有爱得惊天动地的骄傲

“我不想去爱了，我怕了。”“为什么受伤的又是我？我并没有做错什么。”“为什么前任那样对我？”这些应该是你的口头禅吧？我猜你也是一个特别害怕失去的人，因为在爱情里受过伤害，所以你害怕痛苦，害怕付出得不到预期的回报。

有时候，你看着身旁的情侣牵手走过，你突然想，如果自己也有对象该有多好，可是，你又害怕失去，害怕遭到恋人的背叛。

在爱情中，你全身心地投入进去，爱得死心塌地，最后换来的却是对方的一刀两断。你不甘心，你想知道为什么。对方说年轻时的爱情都是如此，多谈几次恋爱就明白了。只可惜，经过这次恋爱后，你再也不敢去爱了，因为你害怕失恋、害怕分手。你不明白穿越人山人海好不容易才能够走在一起的人，为什么要分手。

于是，你仿佛习惯了一个人的生活。饿了你会叫外卖，孤独了会拿出手机找人聊天，寂寞了会玩游戏或者看剧。亲爱的女孩，我懂你现在的感受，你所有的害怕，其实都有因可循。

说起来，林喜就是一个在爱情里受过伤害便不敢再去爱的女孩。

林喜是我在机场候机时认识的姑娘，那天她坐在我旁边，见我在看书便主动与我交谈。我俩有一搭没一搭地聊着，她说她是回成都工作，我说我去旅游。于是我们互相加了微信，到成都后，我又找她一起吃了火锅。

在我眼中，林喜是一个乐观健谈的女孩子，她说话的声音很清脆，我故意开玩笑说："你这样的女孩子应该有很多男生喜欢。"她笑笑说："我在公司里属于'中年人'了，新来的小鲜肉都会故意叫我'阿姨'。而且，我被上一段感情伤怕了，不敢再去爱了。"

林喜在大学里交了一个男朋友，两人从大一走到大四，在大学四年里，两个人的感情很好，毕业分手的原因是林喜选择放过自己。林喜身边的闺蜜一致认为男生是一个十足的渣男，在林喜身上蹭吃蹭喝，觉得谈恋爱女朋友给钱理所当然，基本上很少付钱，都是林喜在付出。

听完林喜的经历后，我有点心疼眼前这个乐观开朗的女孩，问她男孩到底有没有爱过她。林喜说有，只可惜男孩的野心太大，也怪自己爱得太奋不顾身。在大学里，男孩的苹果手机是林喜管家人要钱买的，男孩出去玩没钱了，也是林喜给钱。林喜的家庭条件中等，每次问家里要钱都是以自己的名义。她有些过意不去，但又心疼自己的男朋友没钱用，便只好委屈自己。

林喜身边的闺蜜都劝林喜早点放手，林喜不肯。她认为或许等到毕业后男孩有工作就好了，也许那时候他就能懂得挣钱的辛苦，懂得一切的来之不易。

其实，林喜就是一直给自己找理由罢了。两人之前在外面租房住的那段小时光太过美好，她舍不得放手。两人下课后一起买菜做饭，一起打扫卫生，一起依偎在沙发上看电视。男孩主动帮她洗衣服袜子，林喜坐在一边偷拍他洗衣服的样子发朋友圈，惹来很多朋友的羡慕，大家纷纷留言说“秀恩爱分得快”“份子钱已备好，就等你们结婚了”。林喜也笃定地认为，眼前的男孩就是她值得托付一辈子的人。

每当林喜和闺蜜说她想和男孩过一生时，她的闺蜜们都坚决反对，因为男孩只知道用林喜的钱，很少给林喜买东西，她们都认为林喜被男孩利用了。林喜自己知道，是她爱得太深了，男孩却没有像她爱得那么用力。

随着毕业的临近，林喜必须得做出一个决定，最终她选择了分手。尽管男孩问了无数次为什么，也说了很多承诺，林喜仍决意分手。她知道长痛不如短痛，与其卑微地爱着一个人，不如放过自己去重新遇见另一个人。

分手后，林喜没有立即去谈恋爱，而是把心思都放在了工作上，用忙碌与梦想来治愈爱情的创伤。时间久了，身边有朋友给林喜介绍对象，林喜婉拒，说想再等等。公司也有同事跟林喜表白，她婉拒说两个人不合适。

其实，林喜就是害怕受伤故而选择拒绝恋爱。这是她单身生活的第二年，她说也许到了第三年她内心的伤痕会痊愈，也可能不会。我问她：“如果一辈子都无法痊愈，你难道一辈子都不给自己重新开始的机会吗？”

你在爱情里奋不顾身地付出了，结果没有得到收获，反而因为失恋伤心难过了好一阵甚至好几年。你因此拒绝恋爱，实际上是忽略了两方面的问题。

从自我来说，失恋是帮助你认清一个人，让你知道有些人不值得你用尽全力去爱，并且告诉你爱情并非十全十美，它也有自己的游戏规则。你要学会成熟，要懂得不是所有人都值得你拿真心去对待，这样才不至于被伤害得狼狈不堪。

从外界来说，失恋是告诉你你们不合适，你也许是对的人，但不是他生命中对的人。失恋的好处就是给了你更多的可能性，不要紧握着过去不放，要调整好自己的状态，去迎接全新的自我、全新的生活与对的人。

我也有过这样一段时间，因为害怕在爱情里奋不顾身付出得不到回报，于是就一直过着单身生活，最后单身了好几年。现在想想，的确是自己太傻了，为一个早就已经离开的人封闭自己，完全是在耽搁自己与对的人碰头。

那时候，第二段感情结束，我特别害怕爱情，我告诉自己宁愿单身一辈子也不要去谈恋爱，因为恋爱意味着会有背叛、分手、哭泣的可能。为了避免这些可能的发生，我宁愿不要爱情，就像诗人顾城所写："你不愿意种花，你说，我不愿看见它一点点凋落。是的，为了避免结束，你避免了一切开始。"等到经历了是是非非，等到时过境迁、芳华不再时我才恍然大悟，原来这些年我一直坚持的观点是错的。如果我因为害怕爱情故而选择抗拒，那么爱情里的酸甜苦辣我都无法感受，这将是人生中很大的遗憾。

我也经常在微博收到读者的信息。20岁出头的年纪，她们诉说的除了这个年纪该有的迷茫外，还有无处安放的爱情。我问她们为什么爱情会无处安放，好几个姑娘都告诉我是因为害怕在爱情里受到伤害，不知道该怎样去爱了。其中有一个读者的留言让我印象深刻，大致内容是说与前任分手后伤口并没有快速愈合，反而越是努力去忘记，越是刻骨铭心。她听见前任喜欢的歌会哭，看见个子高的男生的背影会哭，甚至身边的朋友给她介绍了新的对象，她却和别人说自己无论如何都忘不了前任，最后对方撂下狠话说：“你这种人只适合活在回忆里。”

因为被伤害过所以选择封闭自己，你以为这是一种保护，其实只会把自己弄得伤痕累累。重新开始不等于重蹈覆辙，而是去遇见新的人与新的时光。

别再因为害怕在爱情里受到伤害而选择不谈恋爱，这样做最后受伤的仍是你。请你试着打破自己画地为牢的枷锁，试着去重新开始。别害怕爱情会失败，也别害怕爱了之后不会天长地久，把那些失败与伤害当作帮助你成长的经验，当作浇灌你内心强大的雨露，说不定这一次尝试之后，一不小心就能走到白首呢。

因为有你相伴，我不怕山长水远

希望你做一个爱得起也不怕等的人。

一个人的时候，想纵情高歌就纵情高歌，想放声大笑就放声大笑，想狠狠哭时就狠狠地哭，但是前提是要照顾好自己。

你要好好爱自己，不是随心所欲地晚睡晚起，也不是压抑悲伤强颜欢笑，而是在爱情缺席的时候能够利用一个人的时光好好建设、丰富自己，不会因为寂寞就匆匆忙忙地随便找个人陪伴。当别人都担心你一个人过得不好时，你可以发自内心地笑着说："我很好，大家真的不用担心我。"

两个人的时候，不辜负时光与对方。不必爱得惊天动地，一定不要患得患失，不要以捆绑的形式去束缚对方。别忘记给爱情留一点空隙，也别忘记爱情是两个人共同演出的连续剧，不是一场有时间限制的青春电影。

说起来，徐念念就是一个爱得起也不怕等的人。她与大黄在一起六年，两个人从曾经的生活日常到现在的诗和远方，从曾经的莽撞天真到现在的相濡以沫。

徐念念在重庆读大学时经朋友介绍认识了学长大黄，一个喜欢动漫和跑步的阳光男孩。徐念念到现在还记得她与大黄初次见面的场景。那天正值校运动会，徐念念没报什么项目便准备和同学去逛商场。正巧学生会的学姐让她帮忙给运动员送送水递递纸巾，徐念念想着是小事一桩，也不会耽搁太长时间，于是便答应了。

缘分真的很奇妙，该你桃花朵朵开时，你挡也挡不住。学生会的学姐安排徐念念送水之后，徐念念以为就此便可以和同学去逛街了，谁知道大黄还有运动项目，让徐念念帮忙照看一下衣服和手机。本就是受人之托，徐念念不好拒绝便答应了，谁知道最后忙活了整个下午，完全耽搁了逛街的时间。不过让她看管衣物的男生很帅，徐念念也就原谅了他。

运动会结束后，学生会的学姐发来短信，邀请徐念念参加周末的一场感谢晚会。徐念念想反正闲着也是闲着，于是打扮了一番如约参会。这场晚会主要是感谢学生会成员在运动会上的辛苦付出，徐念念觉得无趣准备走时，在门口遇见了那天让她看管衣物的男生大黄。徐念念近视眼看不清，还是大黄发现了她，拍了一下她的肩膀与她寒暄了一番。他邀请徐念念等到晚会结束后和几个同学一起去唱歌，恰好有自己认识的同学在，徐念念便答应了。

同学们在KTV唱歌时都放飞了自我。让徐念念意想不到的是，大黄还是一个“麦霸”，唱刘德华与张学友的歌时非常有男人味，徐念念一直躲在旁边悄悄关注着。不一会儿，有同学见徐念念一直盯着大黄便做起了媒婆，给徐念念介绍大黄。谁知道大黄率先说他知道她叫徐念念，读中文系，而且运动会那天还帮自己看管了一下午的衣物，这不趁着唱歌的机会敬酒感谢呢。徐念念被大黄说得有些不好意思，一直低着头玩手机，旁边同学起哄说徐念念脸红了，肯定喜欢人家。大黄喝了些酒，借着酒劲拉着徐念念的手对旁边的同学说：“我俩是在一起了，不过是我追她。”大黄这样说完后，徐念念更加心跳加速、不知所措了。

当天晚上回到宿舍后，徐念念一直在想大黄说的那番话。她不知道大黄是喝醉了酒胡乱说的，还是酒后吐真言。

第二天中午下课后，徐念念的一个同学给徐念念发短信，叫她必须去食堂吃饭。徐念念不懂为什么搞得那么神秘，到了食堂后才发现原来大黄也在。看见大黄坐在自己的对面，徐念念又有点小鹿乱撞、不知所措，吃完饭后也没说话，就一直低头玩手机。

大黄主动向徐念念要了联系方式，两人互相留了微信后便经常在微信上聊天。大黄外表看着不爱说话，微信上的他却像是一个话痨，总是主动找徐念念聊天，没有话题聊时就问“你在干吗”“我宿舍同学不洗袜子太臭了”“今天食堂咋没看见你”这些有一搭没一搭的话。徐念念知道大黄肯定对自己有意思，要不然怎么会耗费时间在自己身上呢。

某次在社团老乡会上，会长让大黄与徐念念等一帮同学用方言排演一个小品，徐念念性格比较文静所以有些害羞，大黄倒是拍拍胸脯爽快地答应了。谁知道排练的过程并不顺利，徐念念只擅长文字，不擅长做肢体动作，演小品时很僵硬。这让另外一个女生十分不悦，当着众人的面指责徐念念演得不好，会给团队丢分。大黄听完女生这样说后立马帮徐念念说话，指责女生太过严苛：“又不是参加什么比赛，干吗那么多要求，难不成要去拿第一名？再说了，小品小品，本就是逗同学们一乐，重在参与即可，提那么多要求干吗呢？”徐念念看见大黄帮着自己说话，虽然嘴上没作声，但心里对大黄的好感又提升了一个高度。

经过一段时间的相处，徐念念发现大黄这个人很不错，四肢发达但是头脑绝对不简单，知道如何获取女孩子的芳心。大黄从细节方面入手，让徐念念感觉他是一个值得依靠的男孩。

比如，两人一起去市区买东西时，总是大黄帮着提东西，在公交上也是大黄帮徐念念背包；走在马路上，大黄总是走靠外面的位置；在餐馆吃饭时，大黄会让徐念念先坐下后自己才坐，点餐时从来不挑食，总说徐念念吃什么自己就吃什么。徐念念看得出来，她与大黄的关系已经不同一般，只差机会表白了。

我问过徐念念："是什么原因让你愿意和大黄走在一起，并且不离不弃一直陪伴到现在？"徐念念说她没有想过为什么，因为她觉得爱情里不需要那么多为什么，如果总是去纠结为什么、凭什么，反而会受伤，倒不如顺着感觉走。如果非要问为什么的话，那么答案便是信念感，因为她与大黄都坚信两人会结婚，生儿育女，看着儿女长大然后幸福地老去。

是啊，爱情干吗要去追问太多，喜欢就在一起，合适就天长地久，多么简单的道理。很多时候并不是爱情这件事伤人，而是你我喜欢把自己武装得像刺猬一样，想要靠近彼此就不得不互相伤害。

席慕蓉说："在年轻的时候，如果你爱上了一个人，请你，请你一定要温柔地对待他。"对于爱情，我们要么大言不惭地说自己要和这个人过一辈子，将来还要一起周游世界，要么信誓旦旦地说要给对方世界上最温暖美好的爱。可是到了最后，经过时间与岁月的考验，最初的激情与莽撞褪去之后，你是否依然像当初那样爱着身边的人呢？

爱情不需要你把它说得天花乱坠，也不需要你用华丽的辞藻去装点，你只需懂得，爱情要的是润物细无声的陪伴，是不离不弃的坚定承诺。

说起来，大黄并没有轰轰烈烈地对徐念念表白。徐念念告诉我，大约是在他们俩认识了一个月后，某次吃完夜宵，大黄借着酒劲，在送徐念念回女生宿舍的路上，对她说了很多肉麻的情话。徐念念嘴上说大黄老土，表白都没啥创意，其实她心里明白，她要的就是这种细小却又真实的感动。她不需要浮夸的言语，也不喜欢把表白搞得人尽皆知，爱情是两个人的事，你喜欢我，我陪着你，如此便好。

两人在一起后并没有发生太多惊天动地的事情，他们的爱情细水长流，从大学里的相遇相知相恋，到大学毕业后携手共进，再到见了双方家长确定了婚约，一不小心便走到了现在。我问过徐念念的爱情保鲜秘诀，她说没有什么秘诀，只是懂得理智对待每一次吵架，也懂得去换位思考，更懂得以一颗温柔的真心去相信大黄，相信这段真挚的感情。

在这个世界上，总有那么一个人能够治愈你的伤心难过，他的出现会让你重新相信爱情的伟大。他喜欢你不是因为你们恰好遇见，而是因为你们对于彼此而言都是千载难逢的人，是在与很多人错过之后才能够走到一起的人。对于这样的人，你要珍惜，也要好好去爱。

现在，徐念念和大黄快结婚了，两个人的日子虽然过得很平淡，虽然也会因为琐碎小事吵架，但爱情不就是这样吗？有风平浪静，也有惊涛骇浪。恰好是这些困难的出现，才让你我知道爱情的来之不易，也让你我更懂得珍惜身边一直陪伴的人。

亲爱的，如果你暂时还没有遇见那个愿意用一辈子的时间来守护你的人，没关系，你要做的是把自己变成一束光、一朵花，在散发温暖的同时吸引对的人到来。在这个过程中，你千万不要气馁，因为总有一个人会与你不期而遇。

当你相信美好，才会遇见美好

前两天在绍威开的酒吧喝酒时，老明问我："你相信一生一世吗？"

我说我相信。在爱情面前，一生一世是一团火、一束光，它指引我们走向海誓山盟、地老天荒。一生一世也是一种力量，让受伤的人愿意再一次相信爱，获得新生。

老明说，他和他女朋友欢喜在一起五年了，这是他拼尽全力去爱的可爱女人，也会是他爱的最后一个人。他不在乎所谓的海枯石烂，不奢望所谓的三生三世，他只拼尽全力去爱现在，去珍惜此时此刻拥有的分秒时光。老明说这句话时，我看出了他眼神里的坚毅，听见了他语气里的决心。

是的，在爱情面前，一万年太久太浮夸，所谓的地老天荒也太过虚无缥缈。恋爱的意义不是让你去拿岁月许承诺，亦不是让你去炫耀自己的爱情多么长久。爱情不看生生世世，只看当下。你能够好好去爱现在，去爱此时此刻身边陪伴着的人，这便是弥足珍贵的美好。

那天，我故意逗老明说："你们是灵魂相伴的人。"他笑笑，没说话。过了一会儿，他说："我们是拿下半生陪伴彼此的人，她陪我走春夏秋冬，我陪她走余生时光。”

五年前，老明与女朋友欢喜相识，那时候的他也没有想到能够与她走到现在，毕竟谁都有过年少轻狂的时光，只知道看眼前，没有想过未来。和女朋友在一起时，老明全心全意地对她好。我说老明是霸道总裁范儿，总是冷不丁地给女生“小确幸”与小温暖。

比如，问老明健身的原因，他嬉皮笑脸地说自己强大才能给女孩子安全感，毕竟小女生都需要强大的男人保护。所以，女孩子缺乏的安全感他给得起，他有宽厚的肩膀让女孩依靠。他认为女人天生就是拿来宠溺的，他有责任让她过得安稳踏实。

在我看来，安全感不是嘴上说的“我爱你”，亦不是用物质的满足来填补精神的空虚。安全感是你此时此刻陪我吃饭、看电视，抱我入睡，给我真真切切的陪伴。与其每天说着生生世世永不分离，不如陪我过好现在的喜怒哀乐。

哥伦比亚作家马尔克斯说过：“真正的爱情需要什么？需要两个人在一起是轻松快乐的，没有压力。”老明与欢喜在一起的时光琐碎平淡，没有什么惊天动地的故事，唯一算得上轰轰烈烈的事，便是老明在欢喜生日时当着众多朋友对她告白的场景。总之，两个人在一起的时光很稳定，没有什么大吵大闹，更谈不上汹涌澎湃，就是过着不温不火的日子。

那天和老明闲聊，我问他情侣在一起久了后，该如何去打败岁月里的平淡与偶尔出现的小情绪。老明说，两个人之间的相处法则很简单，无非就是理解与爱护，知道小吵小闹后始终有个人在家等着你回家吃饭。幸福其实很简单，就是陪着身边人过好真实的今天，没必要总是把爱你一万年这样的浮夸言语挂在嘴边。

我在和老明的聊天中察觉出他是一个成熟稳重的人，他说话时很少用“可能”“或许”“大概”这些充满不确定性的词语，更多的是用笃定的口吻来回答问题。在爱情中，他不会粗心大意、丢三落四，既不会去夸大自己的爱情，又不会去显摆自己有一个爱了那么多年的女朋友。他知道爱情不是语言上的美好，而是行动上的担当和责任。

身边时常有一些陷入爱河的女性朋友问我：“如何鉴定一个男人对自己是不是真心？如何辨别男人是不是对自己动了情？怎样才能知道这个男人会不会陪我到老？”每当听见这些问题，我都会笑笑说：“当你问我这样的话时，你的潜意识里已经觉得这个男人不够爱你，即使他是真的爱你，是真的想和你结婚组建幸福的家庭。”

判断男人对你是不是真心不靠旁人的话语，也不靠网络上所谓的鉴定法则，而是靠你在平时生活中的观察。当一个男人全心全意爱你时，你一定会感受得到踏实的安全感，这份安全感坚如磐石，让你相信他是那个一辈子都不会离开你的人。

我也是一个在爱情里缺乏安全感的人，一旦爱了，就会爱得毫无保留。但我知道，只有当我确定这个人值得我拼命去爱时，我才会那么奋不顾身地去爱。很多姑娘说自己在爱情里缺乏安全感，但是你要知道，爱是双向的沟通与付出，而不是一个人站在舞台上演独角戏。

说真的，我挺佩服老明对女朋友无微不至的爱。女朋友说缺乏安全感，老明就会去学散打，健身，剃圆寸，努力工作挣钱，在过马路时牵她的手，走路时永远让她走在里边的位置，不让她一个人走夜路回家。你看，这就是一个男人以直接的形式来表达的汹涌的爱，他没有那么多玲珑巧思来逗你开心，但一定会从一些小细节上让你知道，跟着他你会感觉到幸福与踏实，你愿意把余生的年华交给他。

真正对你好、爱你的人不会和你耍嘴皮子，你说你感冒了他不会让你多喝热水，而是立马背着你去医院输液，又或者买药喂给你吃；他不会在你不开心时发信息安慰你，而会买一些小礼物出现在你面前给你惊喜；他不会每天说那么多“我爱你”，但他会在周末与你一起买菜做饭，吃完陪你去看电影，看完再一起回家，让你感到温暖。总之，一个男人爱你，定会全力以赴地去爱。

我和大家分享朋友老明死心塌地爱女朋友的故事是想告诉你们，值得你奋不顾身去爱的好男人真的存在，你要怀有信念，相信自己可以遇见。爱情始终是互相帮扶的过程而不是单方面的付出，不需要做爱情里的王者，但也不要做乞丐，要做陪他一起成长的同路人。

姑娘们，不要再耗费时间去纠结男人到底有多爱你，也不要以网上的法则来检验自己的生活，毕竟具体问题还得具体分析。法则始终只是参考，要解决问题还是要依靠自己的判断。一个男人若是对你动了情，想和你共度余生，那么他只会对你一人霸道、专情，他对你的爱和对别人的爱绝对不同，他就要让你享受专属的爱。当一个男人奋不顾身地爱你，请你也要奋不顾身地爱对方。当两个人都拼命守护着彼此时，说不定一不小心就会白头偕老。

爱情没有所谓的“最好的时间”与“对的人”，你在任何时间、地点、年龄，只要遇见了心动且值得你去爱的人，这些时光都是好时光，这个人也是对的人。有些事情，只有我们相信了才会存在。同样的，只有我们相信自己会遇见美好，幸福才会来敲响生活的门。

Concourse A
Terminal
Luggage Claim

你年纪轻轻，应该拼尽全力去生活

Part 4

总有一个梦想，值得奋不顾身去热爱

在追求梦想的道路上，那些头戴王冠、光芒熠熠的人起初也和我们一样平凡普通，也被别人嘲笑过，也被生活无情地打击与伤害过。他们最终能够获得成功，既是因为外界的支持与自身的运气，又是靠着每一天为梦想付出的行动以及专注，除此之外，还有最重要的一点：不信命、不认命的坚持。

我的一个作者朋友文长长，第一次出书便取得了5万册销量的好成绩。刚认识长长时，她每天都在更新文章，还给自己定下了每周阅读三本书、每天写一篇文章的目标。我说："你也太拼了，要多注意身体。"她倒是回复我说："没事，反正大学时间多，而且我也习惯了白天看书晚上写文章的状态。"

那时候，长长说她要争取在大学毕业前出版一本自己的书。后来，她靠着自己对写作梦想的坚持实现了这个目标，出版了一本畅销书——《我哪懂什么坚持，全靠死撑》。与此同时，她也成了简书签约作者和新媒体专栏作者，第二本书也成功签约。

只是，当长长的第一本书卖出不错的销量后，她周围的人却并不看好她，觉得她出书是靠关系、靠家人。每当听见这样的话时，长长都感到无语，因为她只是一个没有背景的普通女孩。

长长从小热爱阅读，读过很多名家经典作品，每当看见别人的文字印刷成书时，她就在心里想着会不会在未来的某一天，自己也能成为一个作家。于是，凭借对文学的热爱，她说做就做，开始在网络发表自己的文章，积极地给各大杂志或新媒体投稿。

在长长还没有开始在网络上写文章以及出书时，她是一个自卑的女孩。初中时期的她胖胖的，厌恶上体育课，厌恶班上同学对她的孤立，厌恶那些口无遮拦的男同学，更厌恶运动会。总之，长长的初中就是在自卑中度过的。

进入高中后的某一天，长长写的作文得到了语文老师的表扬，被当成范文在班上念了出来。这时候，长长才知道原来自己的文章写得很不错。老师的鼓励以及优异的学习成绩让长长不再像初中时那么敏感自卑，开始逐渐变得自信，开始为了当一名作家的梦想而努力。

对于梦想，如果你努力，岁月自然会给你美好的答案。长长告诉我，她也不知道自己能够在大学毕业前出书，她只是在心里告诉自己，写了文章总比没写好，所以一定要坚持下去。的确，梦想从来不会让努力的人白白付出，只要你不放弃自己并且用对方法，选对发展的道路，愿意去努力去奋斗，那么你的梦想就有可能会成真。

对于写作梦想，长长靠的就是每一天的坚持与热爱，靠的是死磕的执着。她不甘心过平凡的生活，她想让自己的青春过得热烈一些，想在生活面前变得有底气一些，仅此而已。她知道自己只是一个普通女孩，不像一些人含着金汤匙出生，她理想中的美好生活还得靠自己去打拼。

是的，对于梦想，我们不要好高骛远，也不要因为现实残酷而不敢去追逐梦想，试着把梦想分割成一个个中短期奋斗的目标，这样或许会让你向它一步步靠近。世界给每个人都留有表演的舞台，关键看你有没有做好准备，有没有信心去让自己华丽绽放。

2016年夏天我去武汉玩时终于和长长见面了。我们一起吃饭聊天，长长告诉我写作真的很不容易。既然自己爱好写作，那就当它是生活的调味剂，至少，当别人的日子变得规律却无趣时，她还有爱好可以坚持。

有时候她也会焦虑，尤其是看着其他同学毕业后的工作都已经安排好了，她更加惶恐，不知道自己一直坚持写作梦想是否正确。我对她说："怕什么呢，写作技能便是你闯荡江湖的武器，与其整日纠结，不如做好规划付诸行动，去为梦想付出。"

现在的长长打算在毕业后找一份新媒体相关的工作，继续在业余时间坚持自己的写作爱好。她未来的目标就是写自己想写的文字，爱一个旗鼓相当的人，早日过上自由自在的生活。

对于写作，我自己也坚持了快十年的时间，从高一那年只是写给自己看的心情记录，再到申请博客写给别人看的文章。我只有一个信念，便是只要我写了就是好的。至少，写过的文字替我记录了岁月与青春。

记得刚开始给杂志投稿时总是碰壁，有时候等了一个月也没有得到编辑的答复，最终结果自然是石沉大海。有时候第二天就收到了回复，兴高采烈地打开邮箱后，才发现收到的是"文字不错，但需要努力""暂时不符合我们杂志风格，多多加油"这样的退稿邮件。那时候的我很玻璃心，总爱抱怨别人为什么不能给自己一次机会。长大后我才知道，机会遍地都是，但只有自己做好了充足的准备，才能与机会不期而遇。

我知道，比起别人我有诸多不足，但我随时都在调整自己的目标。现在的我不再去和别人比名次，因为我已经错过了最好的机会。我开始把目标定为“长销书”作者，开始专注于实体出版，我相信比起网络上的碎片化阅读，实体出版物更有温度，更能带给人力量与收获。

请你相信，任何梦想的实现都不是朝夕之间的成功，必定会经历春夏秋冬的成长，会经历风吹雨打的考验，会经历内心的挣扎与矛盾。最终能够让梦想开出花朵的人，其实他们在一开始也不知道自己会有后来的成就。他们无非是靠每一天的坚持与耕耘，以及内心坚如磐石的信念与丰富的创造力，去呵护自己的梦想。

如果你有梦想，请你一定要好好去经营，因为为梦想奋斗的人，本身就是了不起的人。我们还年轻，有的是时间与精力去追逐自己的梦想，只要我们敢拼，梦想便不会辜负你我。

失败不可怕，就怕你被挫折打败

跌倒没关系，你还可以爬起来继续向前冲；哭泣没关系，你还可以擦干眼泪骄傲微笑。就怕你跌倒后待在原地伤心，难过时只知道抱怨，毕竟一帆风顺的人生少之又少，我们大多数人都得经历各种各样的磨难，方能获得成功。就像六小龄童老师说过的一句话：“苦练七十二变，方能笑对九九八十一难。”无论面对何种困难与失败，千万不要因此投降，也不要害怕再次失败，再试一试，有可能下一秒你遇见的就是奇迹。

“我考研失败了，家人朋友都安慰我说没关系，但我觉得自己很没用，付出了那么多的努力还是没有得到收获。”这是一个名叫麦瑞的读者给我发来的留言，她问我有没有遭遇过失败，最后是以怎样的心态面对失败的。

看见姑娘的留言我告诉她，失败对我来说简直就是家常便饭。作为一名自由撰稿人，我时常需要向很多杂志以及新媒体投稿，但并不是每一次的投稿都能通过。有时候，别人会当天回复我说没有通过，有时候等了一周也没有回复，我主动去问别人，回答也是没有通过。也有的时候，明明是对方找我约稿，稿子写完发过去后过了几天，对方说在他们主编那儿没有通过。对于这样的情况我也很难受，觉得自己的辛苦付出没有得到收获，怀疑自己是不是一个很失败的人。但我又转念一想，虽然这一次投稿没有通过，但并不代表得不到其他编辑的青睐。况且，写出一篇文章也可以算是一个小小的收获。

篮球巨星乔丹说：“每个人都尝过失败的滋味，所以我能够接受失败，但我不能接受从未奋斗过的自己。”美国作家海明威也说：“人不是为失败而生的，一个人可以被毁灭，但不能被打败。”如果你对失败后的结果不甘心，可以吸取经验从头再来，但千万不要放弃。一次失败并不丢人，失败后一蹶不振不敢再去奋斗，这才丢人。对于成功，要么咬紧牙关再去搏一搏，要么就闭嘴别怪世界残酷。

麦瑞姑娘是浙江人，考研失败的她并没有忙着找工作，而是喜欢坐在房间里发呆。麦瑞说，她整天垂头丧气的样子让她自己看着都鄙视自己。麦瑞为了考研付出了很多努力，她报过培训班，也时常看书到凌晨，不看电视剧，还拒绝了很多社交活动，一心只为考研成功。最终，麦瑞还是以十几分的分差落榜。这让她很失望，觉得自己很没用，尤其是麦瑞的另外一个同学考上了，她却失败了，这给她造成了很大的打击。

麦瑞姑娘刚知道考研成绩的那几天，完全无法接受自己的失败，因为她觉得自己已经做足了准备，相信自己能够成功。家人和朋友的安慰都无法让麦瑞走出失败的打击，她每天都活在自己的世界里，也不出门与朋友聚会。她想再次考研，但又缺乏重新开始的信心，于是便找到了我诉说她的烦恼。

我与她语音，听她慢慢讲述自己的经历，安慰她说：“一次失败并不代表你不能够重新开始，你现在以为跨不过的坎都只是因为你不敢尝试。等你跨过了这道坎后回头再看，那些让你痛苦的时光，都将成为滋润你茁壮成长的养分，帮助你长成一棵不怕风雨的大树。”

几天后，麦瑞姑娘发信息告诉我，她已经找到了与自我和解的方法，先找一份工作做出成绩，将来可以考在职研究生，也可以考相关资格证书来提升自己。麦瑞意识到自己灰头土脸的样子只会让生活越来越糟糕，决定开始以乐观积极的态度去面对生活，把失败的经历变成经验帮助自己成长。只有学会思考，失败才会变成有用的财富。

后来的她开始记录自己的美好生活，开始与志同道合的朋友一起追逐梦想。我对她说这样就对了，不开心时千万不要给自己画地为牢，一定要设定目标并付诸行动。千万不要因为一次的失败就觉得来不及了、没有机会了，再多试试，既是累积经验，也能学习新知识。更主要的一点是，成功有可能就是你在尝试的过程里获得的意外惊喜。

在成长的过程中，我们总会面对这样或那样的失败。表白失败我们会不敢再爱，创业失败我们会怀疑自己，升职失败我们会厌恶工作……有的失败会让我们难过好一阵子，有的失败，我们却会耿耿于怀一辈子。为什么要用已经失败的东西来惩罚自己呢？失败意味着方法不对或者能力不够，是在提醒你需要重新积蓄能量，等到做好了充分准备再去尝试。如果在同一件事情上总是失败，你或许该换个思维方式，想想自己是否真的适合去做这件事。

面对失败，最好的态度不是避而不谈，也不是陷入痛苦无法自拔，而是把失败的经验当成助力自己继续向上攀登的垫脚石，帮助自己早些看见更加开阔的世界。失败并不会对你的人生起决定性作用，相反的，大多数失败只代表着你遭遇的某一次挫折而已，比如恋爱、学业、工作、梦想等，这些都只是一次性的失败，并不能决定你的命运。

一辈子很长，失败只是因为这一刻的不足，并不能预示下一秒的你会变成什么样子。如若你心态积极，那么失败甚至可能让你反败为胜，激励你更加用力追逐梦想。

你要记住，能够从挫折与失败中站起来继续前进的人，他们并不是刀枪不入，他们只是懂得如果选择了放弃便真的是一无所有，如果再试一试，也许真的会有奇迹发生。成长本来就是一个不断尝试的过程，可能会尝到失败的滋味，也有可能尝到成功的喜悦，你若是不去尝试，就永远不知道下一秒会发生什么。让你伤心难过的失败虽然痛苦，但也必定会给你经验，让你的人生变得更加强大。

那些艰难的日子，都在帮助你成长

你肯定一个人扛过很多难熬的时光吧？

我知道，你肯定哭过、闹腾过、无助过，甚至想过要放弃，但到最后，你还是挺了过来。

你会一个人坐在路灯下抱头痛哭，也会在车水马龙的街头踮脚张望不知所措；你会一个人在地铁里看着陌生人发呆，也会坐在末班的公交车里听着情歌流眼泪。你会哭，会痛，会失落伤心，这些我都懂，因为我和你一样，独自打拼着，没有值得炫耀的背景，只有默默努力的背影。

有时想想，在这座人来人往的城市里，很多人和我们一样，都在为生活而奋斗着，也都在经历着破茧成蝶的煎熬，一边独自承担着痛楚，又一边给自己加油鼓劲大步向前走。

前几天晚上，我和几个朋友在外面吃夜宵，酒足饭饱后大家也就准备各自回家。深夜的小吃街依然热闹非凡，朋友们一边走一边大喊大叫着，手舞足蹈的样子仿佛又回到了十五六岁——那个天不怕地不怕敢大声说梦想的年纪。由于两家顺路，我和格格一起站在马路边等出租车。忽然，原本蹲在地上的格格抱着我哭了起来，她说她好难过，莫名其妙地想哭，让我什么都别问也什么都别说，她一个人哭一会儿就痊愈了。我没有摸清楚状况，只是不停地抚摸她的背说：“别怕，还有我在。”人在难过时，比起轻柔安慰的话语，一个紧实又厚重的拥抱更能让他们有安全感。

原来，最近格格的工作压力很大，有时候工作明明已经做好了，领导也会叫她回单位加班。而且，家人给她布置了任务，让她必须考进正式员工行列。格格在银行工作，平时工作很忙，很少有时间休息，周末几乎都在加班，甚至在家吃饭时也可能会被一个电话叫去单位加班。她说今天晚上是她难得的休息，才能有时间陪着大家一起吃夜宵。

她告诉我，她已经好久都没有这么无所顾忌地释放过压力了，她觉得这一段时期太难熬，每天都是忙忙碌碌的工作，也没人关心她的付出与劳累。她无数次想辞职重新找工作，但家人又劝慰她说：“好不容易有一份比较体面的工作，先将就着，等你成了正式员工，就不会那么辛苦了。”在单位里，格格除了要微笑且耐心地面对形形色色的客户，还要在临近下班时帮一些老员工做些琐碎的事，比如打印资料、填表、打电话给客户等。工作上的劳累与这些琐事叠在一起，真的让格格感到崩溃，她有很多次都想问凭什么。但每次和家人吐苦水时，家人都让她忍着点，说这些都是职场新人的必经之路。

那些该独自走的路、独自面对的挫折与困苦，没人能够替你承受。你要学会照顾好自己，给自己加油鼓劲。你若是正确对待煎熬与痛苦，这些就是帮你成长的好事，因为它们会激励你不断努力、不断前进，只有强大优秀了，你才有资格笑着对不愿意的一切说不。

我时常收到很多读者朋友的来信，她们也会向我诉说自己正在经历的煎熬时期。有的读者在企业实习，工资低，工作压力大，工作环境也不好；有的读者在小医院实习，不仅工作辛苦，有时候还要倒贴钱；有的读者一个人在外地找工作，处处碰壁……这些读者的故事大同小异，无非就是觉得此时此刻所经历的一切，让自己快扛不下去了。

其实换个角度想想，谁没有经历过一段快要撑不下去、很难熬、很痛苦的时光呢？在这段时光里，大家都一样，都需要一点点地熬出头，都在不断地告诉自己再坚持一下，相信成功就在前方。

我刚刚大学毕业在媒体工作时，也经历了一段当时觉得很难熬、现在回想起来是锻炼我毅力的时光。那时候的我也是一个职场新人，一个人负责一个栏目，差不多有3个多月的时间，几乎每天都在上班，很少休息。我一个人做策划、写文案、找资料配图、校对，忙完一天的工作后，还得思考如何做好线下活动。除了这些，回到家后的我还要看书写文章，因为，我始终记得自己的文字梦想。每当我感到很难熬时，都会想想自己的文学梦。幸运的是，我的梦想并没有被工作的条条框框所限制，反而越发闪亮。

别人周末在娱乐时我在上班，办公室的同事换班时，仍旧是我一个人在忙碌着。有时候，办公室里年纪大一点的长辈告诉我可以去和领导提要求，找人与我轮班。我笑笑说："没关系，我年轻，拼得起，这也是领导想着重锻炼我。"其实，我心里巴不得有人与我换班，但是资历浅薄的我没有主动选择的权利，我只能默默地告诉自己，既然做了这份工作，就一定要把它做好，让所有人都刮目相看。

在那些我一个人负责栏目所有内容的时间里，我也很难熬，也想过干脆辞职走人得了，大不了重新找工作。但是，我又告诉自己，如果自己连这么一点点困难都扛不过去，以后人生路上出现的困苦挫折我又该拿什么去面对呢？最终，我所有的付出都是值得的，领导多次在大会上表扬我，也愿意带我去接触行业前辈，愿意着重培养我。如释重负的我，终于可以笑着谢谢当时那个咬牙坚持的自己。

现在回想起曾经的种种，有时候我也会感到疲惫心累，会担心自己那么努力还是拼不赢那些起点比自己高、天资比自己好的人。但我想到，还有那么多人也在咬牙坚持，甚至有些人比我更加努力，我又有什么资格抱怨这一点点风吹雨打呢？

你想要抵达远方，必先历经沧桑。一蹴而就的事物看着美好，但它们都经不起时间的检验。那些让你感到难熬的时光，都是在锤炼你，想让你变得越来越好。所以，不要害怕那些艰难的岁月，把它们看成是鞭策自己不断前进的动力，毕竟，生活中的煎熬，都是为了让我们变得越来越强大。

活得有个性的女人，都是在做自己

面对外界嘈杂的声音，有人选择活出自己的姿态，这些人不畏世俗，并不是因为他们胆大，毕竟，每个人面对生活都在见招拆招，没有谁能够预先把抵抗生活风险的招数练好。如果非得说抵抗生活的变故有方法可寻，那便是每一天的努力和成长。

说起不拘一格，身边的朋友马丽绝对是一个典型的例子。她性格乐观开朗，大大咧咧，喜欢穿休闲风格的服装，清爽的短发看起来充满了无限的活力。自从马丽宣布自己辞掉了大城市的工作准备去考公务员的消息，大家都为她的举动感到不可思议，唯有马丽自己轻描淡写地告诉大家，人生并不是只能做一种选择，生活还有无数的可能性等着她去发现。

说起来，马丽绝对是一个乐观的人。她的性格有一点男孩子气，但并不介意别人在背后对她指指点点说她像“男人婆”。相反，她从不回应也不在乎外界的这些看法，她把时间都拿来提升自己，努力工作为自己赚取活得洒脱的资本。

我和马丽是小学同学。学生时代她的性格就有一点“横冲直撞”，比如下课后很少坐在课桌上看书，更多时候是和男同学在走廊边打闹。她不去纠结别人不接受自己的不一样该怎么办，只是跟随自己的心活得粗犷且豪放。

读大学后我与马丽才又有了联系。我在微博上看见一个音乐博主转发了一篇文章，里面的照片很像马丽，而且马丽也在评论里留言了。进了她的微博后，我更加笃定了她就是我小学同学的想法，因为马丽从小到大都喜欢吹萨克斯。

与马丽聊天后，我才知道她这些年的变化以及精彩故事。马丽进入大学后，在演奏萨克斯方面小有成绩，她不仅在学校里拿过奖，而且还参加过商业演出获得过报酬。

大学里的马丽努力学习，努力在特长方面崭露头角，就是为了让瞧不起她的人知道，就算她的性格男孩子气也照样能够活得漂亮精彩。她不是活给世界看，也不会为了讨好别人而配合表演，她只做那个独一无二的自己。

大学毕业后，马丽去了一家不错的企业工作。刚参加工作的她以为只要安守本分努力工作就不会被人说闲话，可是她想错了。在单位里，仍然会有一小撮人在背后对马丽指指点点，甚至某个有资历的同事直接在办公室对马丽说："你穿得太运动风了，男生不喜欢。你应该留长发，不应该剪短发。"马丽听见这样的话语没有生气，反而微笑着告诉同事，就是因为她的与众不同，才能搞定那些难缠的客户和棘手的工作。

2016年下半年时，马丽就和我说过她想辞职考公务员。我问她是不是真的决定好了，她说是的，她就是要去挑战。经过很长一段时间的积累，马丽在2017年辞掉工作准备专心考公务员。她并不是头脑发热，她有工作时存下的积蓄来维持考公务员时期的开支，为家庭减轻负担。而且，她对自己要考的工作目标很明确，也参加了培训班。

对马丽而言，尝试不同的生活方式不是为了彰显自己的了不起，只是为了证明自己活得无所畏惧。当然，当一个人没有资本与退路时，千万不要贸然辞职，除非你的业余收入比你的工资高很多。当你有资本时才可以选择任性，没有笑傲江湖的资本，那就一边努力工作，一边发展自己的业余爱好，通过更多的渠道增加自己的收入。

马丽之所以活得那么努力，是为了能够多带母亲去旅行，为自己将来的生活储备优良的物质条件。马丽和我一样在单亲家庭长大。她童年时父母离婚，我童年时父亲去世，这样的相似之处让我能够理解她的很多想法。因为自己是别人眼中的少数派，那么就不能只做一个等待命运安排的人，而是要主动争取机会，让自己拥有选择生活方式的权利。功夫不负有心人，现在的她也终于考上了公务员。

我们活着不是为了取悦他人，也不必为了让别人喜欢自己而迎合大众，现在的你就是独一无二的。如果你为了活成别人眼中的样子而违背了初心，那就变得不像自己了。一个女人过得好不好，跟别人给她贴的标签无关，而在于她本身的能力。女人的“含金量”不是通过闪耀的钻石、明亮的戒指来证明，能让女人屹立不倒的资本，始终是你的才能与勤奋。

周国平写过这样一段话：“我们活在世上，必须知道自己究竟想要什么。一个人认清了他在这世界上要做的事情，并且在认真地做着这些事情，他就会获得一种内在的平静和充实。”想要在千篇一律的生活里活得精彩，就要对生活保持好奇心与新鲜感，去坚持自己的梦想，活出自己的个性。

那些活得不安分且无所畏惧的人，大多拥有对世界和生活敏锐的洞察力与坚如磐石的毅力。他们既能文，又能武，他们对生活一直保持着好奇，默默努力建设自己，就是为了成为闪闪发光、无可替代的人，可以不顾外界的声音，勇敢地去做自己，去过自己理想中的生活。

今天的辛苦，是为明天的华丽绽放

生活总有让你我不满意的地方，对待生活的不如意，不要选择妥协，我们要主动出击，寻找一个合适的方式与生活和平相处。换言之，生活没有你想象的那么难。如果你把自己困在一个模式里，你会发现万事都难。如果你跳出固有思维，换一种心态和思考方式，或许一切都会豁然开朗。

李丽是我在母校做分享会时认识的一个学妹。李丽在分享会现场问了我三个问题：自卑怎么办？大一感到迷茫怎么办？如何利用好大学生活？面对这三个问题，我囿于时间只是很笼统地回答了她。活动结束后李丽单独找到我，要了我的微信说有故事和我分享。晚上回到家后我便收到了李丽发来的故事，也是从那时起，我才知道了她心中的小秘密。

李丽在小县城长大，原本的她以为可以快快乐乐地过完这一生，但父母的离婚给她带来了很大的伤害，性格乐观开朗的她开始变得内向且自卑。李丽不敢主动去结交新朋友，因为害怕别人说她是一个没人管的野孩子；害怕学校开家长会，因为别人都有父母去参加，而她只有外公外婆；害怕同学去她家玩，因为她家住的还是小平房，担心别人会投来异样的眼光。

中考结束后，由于考试成绩不理想，李丽选择了留级。然而，初三的复读并没有给她带来多大的改变。无论她怎么努力还是事倍功半，最后只考上了一所普通高中。进入高中后，李丽遇见了她的同桌——一个乐观开朗的男生。得到男生的鼓励后，她慢慢开始改变自己自卑的性格，开始试着穿裙子，试着剪掉快遮住眼睛的刘海。李丽告诉我，她不知道高中遇见那个男生算不算心动，她只是懵懵懂懂地认为她对这个男生印象不错，因为男生能够带给她光和热，让她相信她会考上一所不错的大学，将来能够做出属于自己的一番成绩。谁知道，理想最终还是败给了现实。高考过后，李丽的成绩只能读三本院校，但三本院校的学费高昂，普通家庭出身的她根本就读不起。懂事的李丽为了减轻家庭负担，决定读一所专科学校。

进入大学后，学校的环境和李丽设想的相差甚远。学校的学习氛围不浓厚，学生之间搞小团体主义，教学设备有所欠缺，这一切都让李丽怀疑自己当初做的决定是否正确。然而，谁不是一边迷茫着一边努力前进呢？所幸她并没有放弃自己，她报名了社团，进入了学生会，也在班上担任了班干部。她想利用好时间充实自己，想在大学里打好基础，为将来找一份好的工作做准备。

我也从来不掩饰自己是专科学校毕业，我始终相信环境不会打垮人，能够将一个人撂倒的是心态。如果你心态好再加上自己努力，不管在哪儿都会有好事发生。如果你得过且过、听天由命，那么又何必抱怨不公平，何必抱怨为什么别人什么都有，而自己什么都没有。

刚进入大学时我和李丽一样彷徨，但是，既然客观条件不如其他人，就更不能输在追风逐梦的路上。我在大学里毛遂自荐当班长，通过自己一系列的努力拿到了国家奖学金，得到了留校实习的机会，大学毕业后也在事业单位工作了一年时间。如果当初的我只知道抱怨而不去努力，我根本不会有机会获得这一切。

对于李丽后来和我交流的情况，我详细地和她说了自己的想法与建议，她听了后表示自己不会再胡思乱想，要把那些坐着发呆的时间用来跑步减肥、去图书馆看书、组织策划活动锻炼自己，等等。后来的时间里，我偶尔也会收到李丽发来的信息，她会告诉我自己做了什么、得到了什么收获，也会告诉我自己正在备战资格证书考试。当然，她说她也不再是初中时代那个害怕被人嘲笑而自卑的女孩了。她在大学里谈了一个男朋友，男生和她一样，都是有梦想有追求的人，两人经常一起在图书馆看书。两人都相信，现在的劳累与辛苦是为了大学毕业后的破茧成蝶。

很多人喜欢抱怨自己所处的环境不好，但是抱怨没有任何用处，只会加重你身上的戾气。比如说，你不满意自己就读的大学，可是，你有想过自己为什么来到了这里吗？如果当初的你努力一些，也许就能够去想去的大学读书了。既然现在不满意，为什么不把时间用在自我提升上面呢？你可以去自己喜欢的大学听课，可以努力去考研究生，不要总是抱怨环境，环境不是你为自己的不努力所找的借口。

生活总有不如意的时候，请你多给自己信心，学会把那些艰难困苦都当成帮助自己奔跑的助推器。只要你变得更优秀了，就会遇见更加广阔的世界和更加有趣的人，那些曾经伤害过你的人已经被你甩得远远的了。当你回头再看时，你就会感谢那个永不言弃、努力追梦的自己。

你想盛放得骄傲美丽，就必然会经历残酷的考验。面对生活的磨炼，请你学会微笑面对，咬咬牙，相信自己有力量战胜那些所谓的过不去的坎。只要最后能够惊艳绽放，又何惧破茧成蝶前的考验呢?

20岁出头时，怕什么前路漫漫

那些让你笑靥如花的美丽、宠辱不惊的底气、随遇而安的资本，都是通过你现在的奋斗与积累获得的。你积极努力，岁月便会带给你机会与好运。20岁出头的你，应该把时间花费在建设自己上，而不是睡到中午才起床，观看没意义的电视剧，然后抱怨生活为什么还不给你你想要的东西。

米西是我的一个读者，江西人，目前在一家少儿英语学校当老师。她告诉我，工作期间的她很充实，但是她特别害怕下班后一个人在家里的状态，害怕刷朋友圈与微博时，看见身边的朋友同学都过得无忧无虑的样子。米西有的同学嫁进了有钱人家，每天在朋友圈里晒名牌化妆品与旅行的照片；有的朋友进了国企，工作轻松福利又好；与她一起长大的小伙伴，如今也开了自己的工作室。唯独她自己，做着平凡的工作，过着平凡的生活。但米西不想平凡，她想活得精彩，想去散发属于自己的青春光芒。

读大学时，米西是一个很优秀的姑娘，她拿到过学校的奖学金，也考了英语证书与普通话证书，课余还阅读了很多心理学与地理学相关的书籍。在大学里，她积极参加各种活动，也因此结识了一帮喜欢英语的朋友。他们做了自己的英语电台，尝试翻译外文小说，朗读英语美文，翻译《西游记》……总之，那时候的米西对未来充满希望，笃定地认为将来的自己肯定会在英语方面有所成就。

只是，大学毕业后的米西并没有一直以热情饱满的心态去对待生活。在工作上，米西出色地完成每一次任务，同时也会向领导提出自己的策划方案并执行。在领导的眼中，米西就是那个可以被着重培养的员工。然而，生活中的米西却仍会感到焦虑：万一自己一辈子就只能做一个小小的英语老师怎么办呢?

这不是米西想要的人生。她理想中的人生是充满活力和战斗力的，能够靠自己的努力打拼出一片属于自己的天地。她计划要在28岁前进入管理层，或者开一家英语辅导班自己当老板。想法虽然美好，但现实很残忍。面对现实，米西有时候觉得既迷茫又无能为力，不知道该如何改变。

20岁出头的她很焦虑，担心自己拼命努力过后没能得到收获，更担心自己的成功与别人相比只是小巫见大巫。我懂得她的着急，米西的状态和前一段时间的我一样，总是怀疑成长的意义，总是羡慕别人取得的成绩，总是觉得自己再怎么努力也只能得到很小的进步。朋友告诉我，每个人在20岁出头的年纪都会历经一段非常羡慕别人而讨厌自己的时光。在这段时光里，我们总觉得别人做什么都光鲜亮丽，自己做什么都一事无成。我们渴望一步登天的成功，却忘记了成长要一步一个脚印才能走得更踏实。

对于米西的焦虑，我告诉她，现在的她就很优秀，至少她有自己一直坚持的英语作技能，同时，她对工作的热情也能成为她追逐梦想的助推器。既然她英语功底扎实，同时也爱好阅读心理学方面的书，我建议她可以多关注幼儿心理教育学这一块，还可以在网上去做知识课程，服务于年轻“辣妈”群体，教她们如何用日常英语与自己的孩子进行沟通，以便更好地培养孩子的语言能力。

对于职业发展规划，我告诉米西她太着急了。此时此刻的她正是打基础的时候，为何总急着想在付出后立刻看到回报呢？她应该把升职加薪乃至自己创业作为激励自己不断奋斗的理想，有大目标激励自己，才有信心朝着中短期的小目标进行攻坚。她可以以一个月、三个月、半年为期，对自己各方面的能力进行提升，而不是说在某一个时间节点内就必须得升职加薪。当你足够努力、全力以赴追逐梦想时，升职加薪自然会成为你的奖励。

我们很多人对于目标的设定要么模糊不清，要么好高骛远，总喜欢把年入几十万、25岁买车买房定为自己的目标。太大或是太模糊的目标会让我们慌张焦虑。对于目标的设置，一定要短期可行而且清晰明了，还要符合自己的能力。比如我自己，我的今日目标是随心写文章，一周目标是读两本以上的书籍，而不会给自己设定一天必须写完几千字的文章以及读一本书这种让人有压力的目标。我知道生活中总存在着不可预估的因素，所以我不去规定自己必须在多少时间内完成多少事情，而是在每一天都为自己的大目标努力。只要我每一天都在行动，那么便会自然而然地离计划中的大目标越来越近，甚至可以提前实现大目标。

说实在的，我们每个人都会有羡慕的情绪，适当的羡慕能够督促自己进步，而过度的羡慕只会让自己停滞不前，还会陷入一种“我不够好”的负面情绪里。不要拿别人的生活与自己的作对比，因为每个人都独一无二。你有的，或许也正好是别人羡慕的。你要做的，是告诉自己只要努力，我也会得到收获。

我知道很多20岁出头的人都会感到着急、焦虑，担心房价上涨，担心工作平平，担心爱情迟迟不来。其实我和你们一样，也在担心，只是我不断地告诉自己，担心真的没用。与其担心，不如用行动去解决烦恼与忧虑。如果换个角度想想，我才二十几岁，我还有时间去为了梦想与生活努力。别忘记了，那些三四十岁的人能够实现财务自由，但他们在20岁时也和我们一样，默默无闻地奋斗努力着。

这世间大多数的烦恼都是庸人自扰，是因为我们没有资本与能力去摆平生活中的难题。记住，20岁出头时你应该积蓄能量，为自己将来丰盛美好的生活打好基础。不要太过羡慕其他人的生活，把羡慕别人的时间用来提升自己，你也能拥有自己理想中的美好未来。

只要努力，成长总会给你惊喜

Part 5

不要为了别人期待的样子而活

大多数人都认为，女人的青春有“保质期”，临近30岁就得开始“清仓大甩卖”，不管怎么努力都没用，年龄已经给你做出了宣判：你再打扮也比不过年轻的女孩，你没有精力再折腾了，还是抓紧结婚生孩子吧。

于是，年龄捆绑了女人的无数可能性。

那些原本可以在一成不变的生活中活得沸腾一点的女人，总有旁人对她说：“你都当妈了，还涂什么口红？”诸如此类的声音让那些原本可以活出自己的姑娘都活成了别人期待的样子：二十几岁结婚生子，三十几岁依旧彷徨，生活依旧是一地鸡毛。等她们恍然大悟时，岁月早已经不等她们了。一直在等待她们的，依旧是那些“你看你”的声音。

在我看来，一个女人不管活成哪种姿态，都有人对你评头论足、指指点点。你剪短发，穿休闲装和运动鞋，不爱涂脂抹粉，别人会说你“一点都没有女孩子该有的温柔样子”；你穿裙子，留长发，化精致的妆容，轻言细语说话，别人又会说你“那么做作，一看就不是好姑娘”。你感到无奈，因为不管你活成什么样子，都会有人看不惯你。那到底应该怎么办呢？当然是回一句：“姐姐貌美，管好你自己的事，不用你来费心。”

作为女人你要记住，你不必活得像谁，你要活出自己，既可以用慈悲与柔软行走世间，又可以用钢盔铁甲去面对世界。而做自己的资本和安全感一样，都是靠自己建立起来的，不靠等也不靠外界的给予。

你的周围肯定有这样一类女人，她们从不在乎外界看待自己的眼光，只专注于自己的爱好与事业，只活出自己喜欢的样子。她们活得既独树一帜，又美好快乐。

小凌是我的一个朋友，26岁，单身，喜欢设计手账与绘画，目前是一名设计师。她是一个不怕被亲戚催婚的女人，觉得爱情得顺其自然，属于你的爱情别人抢也抢不走。有时候朋友们会给小凌介绍对象，可介绍的男生要么与小凌性格不合，要么小凌自己不喜欢。这让给她做媒的朋友很郁闷，埋怨小凌的要求太高。小凌笑着解释说，可能是看见身边离婚的人太多了，所以她对于婚姻太过慎重。她不会为了摆脱寂寞、解决单身、满足家人的期望去结婚，因为她害怕将来的老公不爱她，婚姻生活会过得不幸福。她宁愿现在孤独一些，也要专注于提升自己、努力工作，就算将来很难遇见那个对的人，她也有活得骄傲的资本。婚姻于小凌而言不是证明题也不是必选题，更不是人生到了某个年龄就必须得去做的一件事。婚姻只不过是一种形式，哪怕40岁了才遇见想结婚的人，她也不觉得晚。

生活中的小凌是一个温柔可爱的小女人，她喜欢瑜伽与茶艺，身材保持得很好，厨艺也特别棒，很多男生都想娶她做老婆。但又觉得她工作太拼命，太热爱设计与绘画了，怕自己有点管不住她。

工作中的小凌开朗又乐观，能吃亏，不会斤斤计较。客户觉得她好说话，都很喜欢她，所以她的客户非常多。有时候，我会对小凌开玩笑，问她赚那么多钱能用得完吗。她说目前自己赚的这些钱只够买一套房子，还不够给父母买房子。她不想用父母养老的钱，只想凭自己的本事赚钱。

旁人羡慕小凌的工作能力强，赚钱又多，可是谁又知道，她在这背后忍受着什么呢？她要在工作之余学习网络课程，要去考各种各样的资格证书，要保养好经常对着电脑的皮肤，还要搞定难缠的客户。同时，为了拓宽自己的视野，她也会花钱去外地与专家老师面对面地交流。在赚钱这件事上，小凌默默努力着，既是为了让家庭越来越好，又是为了将来能遇见旗鼓相当的另一半，更是为了有能力面对刀刀催人老的岁月。

那些驰骋在职场的女人，她们活得不矫揉造作，用自己赚的钱过自己喜欢的生活。当女人活得越来越独立时，我们不应该用外表、年龄等来衡量一个女人的发展，也不应该因为一个女人性格上大大咧咧、工作上勇猛无畏，就说她是“男人婆，没人要”。作家俞敏洪说：“当你活在别人眼中的时候，你就永远没有你自己。”不要太介意外界给你的评价，你靠自己的能力与本事活出自己喜欢的样子，取悦自己便好。人生是活给自己看的，而不是一场表演给别人看的才艺秀。

当有人对你指指点点时，你可以想想歌星王菲。她从不在意外界对她的评价，只做自己。普普通通的你我可能很少有人能活出明星的姿态，但是，我们可以借鉴名人们身上的锐气与霸气，不去在意周遭的声音。

作为普通女人的你，不妨在一成不变的生活中活得沸腾炽烈些，千万不要在无趣中老去。你还可以在自己的特长爱好方面另辟蹊径，做一个“妙人”或者“奇人”。一个女人是否活得成功、漂亮，不在于外界给你贴的标签，只关乎你的心境有没有成长。如若你每一天都花时间建设、发展自己，那么，无论将来的你到了哪一个年龄段，处于哪一种生活状态，你都有云淡风轻的悠然与笑傲江湖的资本。

女人们，不要再用年龄去限制与捆绑自己的发展了。在朋友小凌的身上，我看见了一个女人努力奋斗的重要性。当你有了资本和工作能力之后，你便有了独立生活的底气，也有了活出自我的资本，更有了面对挫折时的安全感。这时候，你不是会害怕变老、会在意别人眼光的十几岁的小姑娘，也不是20岁出头试图把人生交给婚姻的女孩。努力过后的你，想活出什么样子就活出什么样子，因为你有这个资本，也不会在意旁人的眼光了。

生活既看内涵，也看外貌

和朋友喝下午茶时，当妈妈了的阿琪问另外一个妈妈小奕：“同是当妈带娃的人，为什么咱俩的外貌差别那么大？”

阿琪一边说一边照着镜子梳理头发：“如果回到十几岁的学生年代，我肯定是校花。只不过我现在已经快三十岁了，没有吃青春饭的福气咯。”我笑劝阿琪用不着那么悲观，谁说女人结婚生子后就不能打扮漂亮了。阿琪嘟着嘴说：“上大学时和小奕发自拍照，别人都说我好看。现在发自拍照，别人都一个劲地问小奕的联系方式。同是当妈带娃的人，为什么两个人的区别就那么大呢？”

看看阿琪，普普通通的穿着，几乎不保养的脸，每天的关注点只是孩子睡了几个小时、他爸爸为什么还没下班、婆婆有没有做什么好吃的、今天能不能早点下班回家陪孩子。总之，曾经最爱打扮的阿琪在结婚生娃后，已经不爱打扮自己了。就算阿琪想着把自己打扮漂亮再出门，她老公也会说：“打扮那么漂亮给谁看？”于是这件事也就不了了之了。

所以，阿琪羡慕小奕会打扮，羡慕她看起来像没有结婚的少女，更羡慕她每天都明艳动人，不仅发在朋友圈里的照片精致好看，真人更好看。阿琪不甘心，向小奕询问独门秘籍，小奕“扑哧”一笑说：“哪有什么秘籍啊，不就是不让生活捆绑自己，学会主动掌控生活嘛。”

对于一个女人而言，你把自己打扮得更漂亮并不是为了让别人觉得你如何，而是让自己觉得好看，满足自己即可。很多女人认为，进入职场工作后就得穿得中规中矩，结婚生了后得打扮得朴素些，要不然会被别人说闲话。说句心里话，无论你已婚还是单身，你打扮漂亮、妆容精致、穿戴整齐，都是给自己看的，是取悦自己，跟旁人所说的“结婚了还打扮得那么漂亮，一看就不是正经女人”“不就逛个街吗，用得着把自己打扮得跟明星似的吗”这些话无关。你懂得爱自己，既是为自己赢得好评，也是为老公、为家庭赢得尊重。

人与人之间的好感程度不仅仅只看他的内涵，外貌也是评分标准之一。毕竟只有你的外貌大方得体，才有人愿意去研究你有趣的灵魂。

小奕告诉我，在大学里，阿琪的确是最会打扮也最爱打扮的女孩子，那时候有很多男生写情书追求阿琪。更夸张的是有一次，一个数学系的男生呆头呆脑地站在女生宿舍楼下摆心形蜡烛向阿琪示爱，谁承想，当天阿琪去参加朋友的生日聚会了，男生不仅示爱失败，还被宿管阿姨恶狠狠地批评了一顿，蜡烛还被没收了。为此，阿琪每次回宿舍时，看见宿管阿姨办公室的窗台上放着的蜡烛，总会炫耀自己的魅力有多大。

相比之下，大学里的小奕就显得中规中矩很多。那时候的小奕不爱穿裙子，因为觉得自己腿粗；不爱化妆，因为不懂化妆品，最多就只涂个口红。总之，小奕就是一个对时尚一点都不了解的人。谁知道大学毕业参加工作后，小奕大变样，与大学里的她简直就是天壤之别。

我和小奕是通过阿琪介绍认识的。第一次与小奕见面时，她的穿着打扮让我觉得很有气质，没有大红大绿的张扬，也没有夸张的妆容，整体服装颜色协调统一，梳一个丸子头，戴一副珍珠耳环，给人的第一印象就是大方美丽有涵养。

要说小奕为什么会忽然醒悟去打扮自己呢？原因在于有一次她和老公去参加聚会，席间，其他生娃当妈的年轻“辣妈”们个个穿得比小奕漂亮，身材也比小奕好，妆容也精致，小奕低头看看自己，真的像一个大妈。但她并没有埋怨任何人，反而因为这次聚会改变了自己对外貌的态度。虽然她有深厚的文化内涵，但是那天的聚会却没人愿意多看她一眼，也没人愿意主动与她交流。

自那以后，小奕开始全身心地改造自己，为了让身材好看一些，她每天在小区跑步，下班回家坚持爬楼梯而不坐电梯，她也关注了很多时尚博主，会翻阅各种时装杂志研究穿衣搭配，更舍得花钱请礼仪课程的老师指点自己。她知道自己虽然不可能有大明星的范儿，但是把自己变漂亮，既能够在职场里赢得更多掌声，也能让她老公赢得尊重。

对于小奕而言，她只用了三个方法便打败了自己的拖延症和做事三分钟热度的毛病。

首先，她在下定决心做一件事情前会奖励自己，以此给予自己暗示，告诉自己我完成这件事情后还会有更多的奖励，所以我要赶紧去做。顺顺利利做完后再奖励自己，这也是一种积极的心理暗示，告诉自己做一件事是有希望的，而且只有付出了努力才会有回报。

在坚持做一件事情的过程中，小奕会把一些好看的自拍照或者上礼仪课的照片发在朋友圈，朋友同事们纷纷给她点赞，夸奖她的改变很大。朋友的赞美让小奕在潜意识里肯定了自己，她的付出既得到了瘦身成功、衣着品味提升等看得见的回报，同时也得到了看不见的回报，那便是自信心与行动力的增强。

其次，运用分解目标法去完成大目标。小奕的大目标是变漂亮，那么她每一天都得去看一些护肤、美容、穿衣搭配的文章，然后有针对性地改变自己。此外，每周的礼仪课也需要根据自己的情况复习回顾，有则改之，无则加勉。当她把大目标分解成每一天要完成的小目标后，所谓的拖延症就解决了。

最后，主动展现自己的闪光点。小奕尚未蜕变前，乐观开朗是她最直观的优点。华丽变身后，这些优点无疑使她如虎添翼。现在的小奕不仅外貌与气质兼备，还能独立完成与礼仪、接待相关的工作。

话说回来，朋友阿琪在生孩子后不爱打扮自己，是受到了旁人说的“当妈就得有当妈的样子”的影响，朋友小奕的华丽蜕变则是因为相信人生还可以活出更多的可能性，也相信美丽这件事与年龄无关。作为嘴毒心善的男闺蜜，我当然要“骂醒”阿琪。想当年，她也是一朵美丽的鲜花，在大学里还有那么多男孩子写情书追她，如今她却因为旁人的话语而不敢做自己，这完全不像她的风格。

在我的深挖之下，阿琪才和我说了最关键的问题：她担心打扮漂亮了婆婆与老公会说自己臭美。而且平时上班忙，周末又要带孩子，没时间化妆搭配衣服，就随随便便应付自己。然而她这样应付自己后，得到的却是抱怨，丧失了对生活的热爱，感觉做什么都是差不多就行。

生活中总有声音告诉我们差不多就行，或者灵魂有趣就行，外表不重要。但是，当你在社会中摸爬滚打、在职场里厮杀前进时，得体的外表也许能够给你带来好运。至少别人先看到你漂亮的外表，就会愿意来认识你。如果你邋里邋遢，那么你很难在公司或者人群中脱颖而出，很难成为那个出类拔萃的人。

我告诉阿琪："让自己成为一个既有涵养又貌美的女人并不难，关键在于自己的时间分配与管理。你的问题在于过早地承认自己老去的事实，过早地向生活缴械投降，过早地顺从生活给你安排的一切。"

当然，免不了有一小撮普通姑娘喜欢幻想，幻想着将来有一天自己会变美，然后人生瞬间走上巅峰，过上逍遥快乐的生活。一想到这儿，她们开心地又吃了几包薯片。醒醒吧，傻姑娘们，做梦是要付出代价的，你不愿意做出努力和改变，只知道空想，结果什么都不会拥有。

不要再拿"别人长相好看也只是花瓶"这样的理由来掩盖自己的不努力，就算别人是花瓶，也是那种万人欣赏的名贵花瓶，普通人高攀不起。而你呢，一边为自己的不努力找理由，一边又抱怨为什么有那么多不公平的事情。

你对待外表与生活的态度影响着你的发展。当你努力的时候，如果可以既让自己富有内涵，又能做到外表好看，你得到的好运可能会比别人多很多。

“90后”的我们，到底在焦虑什么

网上有一个热门话题说：“90后”队伍里年龄最大的已有30岁，已经属于中年人的范畴。是啊，“90后”的你现在最怕与人谈未来。为什么呢？因为焦虑感。

我们大多数人的焦虑感，一是来自这个快节奏的时代，它不停地催促着我们赶快成功；另外则是同龄人之间的差异，优秀的同辈总是让我们自卑。面对熠熠生辉的梦想与快节奏的生活，我们踌躇、挣扎、彷徨，是妥协还是奋力一搏？我们无从选择，最后只能硬着头皮、咬紧牙关生活。

碌碌无为的工作让你焦虑，家人的催婚让你焦虑，过早地结婚让你焦虑，家庭长辈的养老问题让你焦虑……这些焦虑的背后无非是不能支撑你野心的收入，你一直都在想如何赚钱，如何才能过上有安全感的生活。

于是，我们时刻处于紧张的状态不敢放松，生怕一丁点的懈怠便会被落下。我们拼了命地去为理想中的生活打拼，最后却还是很彷徨，还是会感到不快乐。因为我们从小到大一直紧绷着，从来没有想过放松，更没想过让忙碌的自己得到短暂的休息。

小学时为了做个乖宝宝，我们紧绷着自己，努力让父母、老师对自己满意。

中学时为了考重点高中，我们紧绷着自己，以“殊死一搏”的态度勉励自己。

高中时为了考上重点大学，我们紧绷着自己，亲戚朋友投来殷切的目光盼着我们成为人中龙凤。

大学毕业后为了有一份体面的工作，我们紧绷着自己，事事小心，处处取悦他人。

我们一直都紧绷着身体与灵魂，时时刻刻都在为成为别人期待的样子去努力，最后，也许功亏一篑没能活成别人期待的样子，也没能成为人中龙凤，只成了一个普通人，过着普普通通的生活。

读者阿希跟我抱怨说，大学毕业都好几年了，自己还是“月光族”，存不下钱。更让阿希感到烦躁的是，没有起色的工作让她担心以后会不会被职场淘汰。阿希在一个小城市做文案策划工作，她会焦虑万一公司倒闭了自己怎么办，如何才能升职加薪，如何才能提升自己的工作能力。只要一想到这些问题，阿希就十分烦恼。

阿希谈了一个男朋友，两人目前已有结婚的打算。身边的朋友故意对阿希开玩笑说：“你看我24岁都当妈了，你一个奔三的人居然还没结婚，早结婚早好啊。”阿希知道这是玩笑话，但她常常又因为这样的话感到焦虑，因为她害怕自己尽了最大的努力去打拼，最终却还是没能过上理想中的生活。

阿希的父母早早下岗，母亲帮别人带小孩，父亲当保安，一个月的工资也没多少。目前的阿希在准备事业单位的考试，因为她一直害怕自己没有足够的钱结婚，更不想用父母的养老钱来满足自己的虚荣心。面对自己普通的家庭情况，阿希认为只有“铁饭碗”的工作才能摆脱对生活与未来的恐慌。虽然现在的她遇见了值得结婚的男朋友，男朋友的家庭条件尚可，也愿意同她一起努力，但阿希还是焦虑，还是纠结如何才能升职加薪，因为她并不想靠嫁人来改变人生。

我问过阿希：“你一心想要的理想中的生活到底是什么样子？”阿希支支吾吾说不清楚。在我的追问之下，她才勉强地说：“就是过上舒坦的生活，不用为生活烦恼。”我笑着告诉阿希：“你这是好高骛远，一点都不切实际，难怪总是感到焦虑。”

理想生活不一定是我必须达到某个标准。我们在今天为理想中的生活努力打拼，每天进步一点点，虽然取得的成就很小，但是一点一滴积累之后，那些收获与惊喜，慢慢地也就组成了“理想中的生活”的样子。

当然，你也不能为了掩盖焦虑感故意装出一副“我很好”的样子来满足自己的虚荣心。我身边有很多例子，一些人为了满足自己的虚荣心，用父母辛苦挣来的钱炫耀自己。

“双十一”当天，朋友圈里很多人都在晒自己的订单截图，其中比较扎眼的当属青田。她的配文是：“口红、香水才是女人与这个世界对抗的武器。”配图是苹果手机、迪奥的口红和香奈儿嘉柏丽尔香水。很多朋友给她点赞，评论里也有朋友投来艳羡的眼光，羡慕她才毕业几年就实现了财务自由，羡慕她精致的妆容，更羡慕她能够出门旅行的悠闲生活。羡慕的同时，大家也在七嘴八舌地讨论，自己“双十一”买东西的时候是爽了，可是钱用完了，也该开始好好工作了。

朋友们在羡慕青田的时候忽略了一点，她的家庭条件本身不错，她外在的璀璨全部靠家里，而不是靠自己努力所得。同样的，家人给她安排的工作很轻松，所以她才有时间出门游玩。大家只知道羡慕她表面的光鲜亮丽，却不知道她是用父母的钱来满足自己的虚荣心，而不是靠自己的本事吃饭。

你用父母的钱来标榜自己的财务自由，以为这就是成功，其实这只是自我膨胀的幻象而已。你让朋友同学觉得你年纪轻轻就有很多存款，让他们认为你的生活没有焦虑只有惬意，你觉得这一切很了不起，实际上却是让父母替你的虚荣买单。

我是一个理智的人，从来不会为了满足自己的虚荣心或是掩盖自己的焦虑感而提前挥霍自己的未来。在我没有能力买奢侈品时，我不会把钱花在这方面，而是拿来自我提升和回报家人，比如旅行、买相机、买书、报培训班、给父母买衣服等。我相信只有拥有了创造价值的能力，才能让自己在社会中立足。

对于未来我也感到很焦虑，焦虑工作，焦虑写作的发展，焦虑如何成家立业，但我知道焦虑根本没有用，唯一有用的是制订计划并付诸行动。说真的，“90后”的我们其实不用太着急，也不用非得定下必须年入几十万的目标，我们应该根据自身的实际情况，为自己量身定做合适的目标计划。那些早早达到了财务自由买车买房的故事，你不要去羡慕，因为每个人的自身条件不同，羡慕别人也没有用。你要做的是学会端正心态并且踏踏实实地努力，因为当你在前进的时候，那些美好与幸福也在朝着你走来。

不要用别人的幸福标准，来给自己打分

“你再不结婚，这辈子就完蛋了。”这是安央最近经常听见的一句话。

童年玩伴安央找到我，和我诉说她最近的烦恼。原来，她最近过得特别焦虑，一方面出于家人催婚的压力，另一方面则是因为自己在追求一个男生，但对方迟迟没有给出明确的答案，让她十分纠结。

安央说，对于家人的催婚她早已习以为常，只是他们所说的话让她感到无语。家人告诉她要赶紧去谈一个可以结婚的对象，将来再生个儿子，有福气，就算对方是离过婚的男人也没关系，女人过了二十七八岁再不结婚就没人要了。甚至，安央的姑姑告诉她，让她不要学家里的堂哥堂姐，都30岁的人了还不结婚，尤其是堂姐，明明靠嫁人就能改变命运，却偏想靠自己奋斗。

难道，女孩子只有依靠嫁人才能走上人生巅峰、一切从此都会变得顺风顺水吗？也许并非如此。安央目前在一家企业做文秘工作，私底下也会卖一些小饰品、护肤品，也与一个男人暧昧着，只是对方迟迟没有表态。目前的状况对于安央来说还可以接受，只是当家人催婚

时她便开始恐慌了，开始变得不知所措，也担心万一自己嫁不出去怎么办。

爱情与生活一样，充满不确定性。虽然我们无法掌握未来的阴晴与悲喜，但我们可以通过此时此刻的努力，去影响未来的变化与发展。

安央和我从小一起长大，青春期的她总想着将来要嫁给白马王子，最终结果却并非如此。长大以后，安央爱上过渣男，被渣男伤害过，也伤害过别人。她刚失恋那会儿歇斯底里地哭闹过，甚至因为失恋瘦了好几斤。现在回想起来，安央会开玩笑和我说："再给我一场失恋让我瘦下去吧。"

记得安央曾问过我，爱情和婚姻是什么样子？我说我也不懂，只知道过好当下，如果非要下个定义，那么爱情的最后是婚姻，婚姻的最后是柴米油盐的生活。只要有心爱的人陪伴在左右，哪怕颠沛流离也是家。世间的一切凄风苦雨也不再惧怕，因为那些未知的精彩和磕绊，都有爱人陪伴你一起前进。

安央在工作上丝毫没有输给男人，她以高跟鞋、口红、包包为武器在职场战斗，还考了专业资格证书，一路风风火火，很有女强人的范儿。她能够用跑步或者爬山的方式来释放工作的压力，也能够用自己的才貌去吸引男人的目光。像她这样的女孩子，永远不会被生活打败。可是，为什么活得自在快乐的她，会因为家人催婚的压力恐慌呢？是对比发酵了她心中的恐慌。安央告诉我，她的一个同学从国外留学回来后去了上海，自主创业做美妆项目，公司运营良好，还谈了一个很优秀的男友。而且她的家人并没有催她结婚，反而由着她去。

我笑着对安央说："其实你们都是努力工作生活的好姑娘，只是你同学的资本比你多，你们没有可比性。至于家人催婚，也许她的家人也是在催婚无果的情况下才选择妥协的呢？我们完全没有必要拿别人的生活与自己做对比，因为每个人的家庭背景以及思维方式都不同，即使做了对比，别人的生活模式也不能帮你解决你的实际烦恼。”

比如你看见身边的女孩子嫁了一户有钱家庭，你就暗自下决心也要嫁给有钱人，要买最昂贵的奢侈品。其实，一个男人是否爱你，并不能以是否给你买奢侈品作为衡量标准。别忘了，大多数人都只是普通人，一个有责任心与事业心，并且愿意与你同舟共济为家庭打拼的男人，远比用物质满足虚荣的男人踏实得多。

值得高兴的是，安央最终找到了那个可以托付一生的人。另外一个童年玩伴琦琦也是很好的例子。琦琦和她老公结婚结得早，她老公家也是普通家庭，两人共同为家庭拼搏的心如出一辙，生活自然过得有滋有味。琦琦与她老公都喜欢打篮球，琦琦自己还为街舞着迷。琦琦可以穿火辣性感的衣服舞蹈，也可以乖乖地拿着汽水、抱着衣服坐在场边看她老公打篮球，更可以挽起袖子下厨杀鱼。两人性格都很乐观开朗，像两株向日葵，互相温暖着彼此。

生活不是让你去与别人做对比、争输赢。你想要什么时候结婚，想过怎样的生活，想遇见什么样的人，完全取决于此时此刻的你是怎样的一个状态。如果你热爱生活，积极参加读书会、培训班、兴趣小组等活动，那么你遇见的人一定和你一样热爱学习；如果你充满活力，喜欢户外运动、玩桌游和旅行，那么你遇见的人必然和你一样，永远朝气蓬勃。

爱情不是玻尿酸，能够让你永远保持同一个状态。爱情和你一样，都在茁壮成长。不要再拿别人的爱情模式与自己的爱情做对比，也不要因为家人的催婚就感到无比恐慌。你要学会淡定，学会从容，如此，才能有更好的精力去找到那个刚刚好的人，陪你一起完成爱情这门课程。

致，又勇敢又孤独的自己

我想问你："如果让你单身几年的时间，你会害怕吗？"

或许你会惊讶不作回答，又或许你不会让自己单身那么久，毕竟一个人生活几年的时间太孤独了，为什么不主动去谈恋爱呢？

我就是一个单身了好几年的人，这些年没有谈恋爱不是因为不想将就凑合，而是我发现很难找到我理想中的爱情。于是，偏执让我一个人生活了那么多年。刚开始单身时还觉得挺不错的，可以心无旁骛地追逐梦想，专心发展写作事业。随着时间的流逝与年龄的增长，我发现单身太久真的不是一件好事，因为单身让我忘记了如何去拥抱爱，也让我习惯于封闭在一个人的世界里幻想着爱情的样子，从而很难去触摸真实的爱情。

记得20岁出头时，我总是叫嚣着要做自由自在的单身贵族。那时候也的确如此，学习上努力，工作上用心，写作上钻研，想着就算一个人也不害怕，因为还有梦想陪着我，还有忙碌而充实的生活。然而，当我看着身边的朋友都陆续摆脱了单身，甚至有些都结婚了，我才开始恐慌。

其实，单身了那么多年完全是因为自己的"作"造成的。别人给我介绍对象，自己因为追求完美总是挑刺，相处了几天后发现原来这个人不是自己想要的那种类型，于是只能不了了之。家人催我赶快找女朋友，我说要先立业再成家。好不容易遇见了自己喜欢的类型，谁知道彼此都只是因为寂寞暧昧了两三个月，到最后仍旧潦草收场。

每当夜深人静时我总会问自己，我到底是因为还陷在过去的感情里走不出来，还是因为自己内心不够强大不敢去拥抱爱情？又或者，完全是因为过于追求理想化的爱情才导致自己单身了那么久？面对这些问题我找不到答案，也拿不出解决问题的办法，我只能一遍又一遍地告诉自己："一切都会好起来的。"

一个人的生活里，我总会羡慕别人的成双成对。我羡慕下大雨时情侣们可以共用一把伞，羡慕别人下班回家后有人在家里等着吃饭，羡慕朋友周末的早上可以和心爱的人赖床，羡慕冬天里情侣们牵着手一起逛街。

在外人看来，他们觉得我单身很酷，可以来一场说走就走的旅行，不用瞻前顾后，想去哪里就去哪里，甚至还能在旅途中来一场艳遇。他们也羡慕我自由职业的自在，无拘无束，轻松快活。他们不知道，我也有我的焦虑与烦恼，只是我不爱表现出来，我把想说的话都通过文字的形式记录下来，并以此消解。

我谈过两段刻骨铭心的感情。和初恋Z在一起两年时间，那时年少，记忆太深刻，Z几乎就是我青春期的所有。和Z在一起的时光太美好，让我难以释怀，甚至在有了第二段感情后还是无法忘记，导致最后竟然用了四年的时间来告别。第二段感情我辜负了Y，因为在还没能完全释怀Z的时候进入了Y的世界。Y是一个很好的人，可是我却没能珍惜她对我的好。记得分手时Y和我说过，只要我愿意回头，我们还是可以重新开始。但是我没有回头，因为我实在不想再辜负别人了。

因为有过两段难以忘怀的感情，后来的我耗费了很长时间去抚平感情里受到的伤害。这些伤痛让我的性格变得敏感、悲观、优柔寡断，有时候我很讨厌自己的性格，有的时候，我感觉找到了与自己和解的方式。从前的我喜欢伪装自己，现在的我只想做想哭就哭、想笑就笑的人。我不再把爱情与生活过于理想化，不再去苛求自己，也不再标榜单身有多美好。我并不是百毒不侵，我也有自己的脆弱和难过，我只想赶紧朝前走，与对的人相遇，一边努力提升自己，一边期待着前方的春暖花开。

在单身的这几年时间里，我既学会了如何爱自己，也学会了自给自足。我不再怀揣着希望去期待别人给予我很多东西，比如安全感、信心、温暖，等等，我知道与其以坐以待毙的方式等着别人给予，不如主动出击，去创造自己身上的闪光点，去把自己变成一束温暖的光、一朵美丽的花、一棵茁壮的树，让自己发光发亮吸引别人的到来。至少当那个人到来时，我已经成为最好的自己，而不是邋里邋遢地配不上对方。

十七八岁的年纪总是把爱情想得太美好，20岁出头时又对爱情产生了迷茫，担心会不会找不到那个对的人，自己会不会单身一辈子。面对这些问题我也很纠结，更不敢去想象以后的生活，每天都期盼着所谓对的人赶快出现。后来我才知道，对的人不是靠期盼等来的，而是要靠自己主动出击。

有个读者在微博和我分享了她的故事。这个女生说自己的初恋在大一下学期才开始，和男生是在社团认识的。两人来自同一座城市，而且兴趣相投，性格互补，最主要的一点是，男生能够给这个女生想要的安全感。于是，两人自然地走到了一起。

在大学四年的时光里，两人并没有像其他情侣那般只知道谈情说爱。两个人都很努力，一起在图书馆看书学习，一起在操场跑步锻炼，一起参加各项活动。后来，他们又在学校附近租了一间房子，过上了两人一狗的生活。周末的时候，两人会一起买菜做饭叫上同学来家里一起吃。男生会给女生描眉，虽然被女生形容为“惨不忍睹”，至少这样的生活足够有趣，足以打败平淡生活里的无聊。

大学毕业后，两人回到了老家工作，也自然而然地见了双方父母，最后还定了婚期。女生看过我的书，也知道我的故事。她和我分享自己的爱情故事就是想告诉我，在爱情面前不能光靠等，既要趁着一个人的时光好好提升自己，也要见机行动，你不去试试，万一错过了对的人呢?

很多人都以为我还沉湎于回忆，或者说是在抗拒爱情，其实都不是。虽然我曾花了四年的时间才忘记初恋，但值得庆幸的是，我最后还是释怀了。现在的我只想关心自己何时才能遇见那个合适的人，不用再纠结曾经的自己为什么要花那么长的时间来忘记爱情里的伤痛。

张小娴说：“为什么要那么痛苦地忘记一个人，时间自然会使你忘记。”可是没人告诉我们多长时间才能忘记，也没人告诉我们该以怎样的方式去遇见对的人，更没人告诉我们要用多久才能遇见对的人。一切全凭自己摸索前进，一旦遇见了大风大浪又会不相信爱情，明明想要拥有却又不敢去触碰爱情。这时，又有人会说你不敢去触碰爱情是因为还没有遇见对的人。可是，这些人却没有告诉你，何为对的人，或者说还能不能再遇见对的人。

我们耗费了很多时间与心力去寻找所谓“对的人”，等到翻山越岭后才发现，原来“对的人”就在我们的身边，只是我们从未留意。更何况，所谓“对的人”并不是非要大张旗鼓地去寻找，生命中的每一个成长阶段你都会遇见一个刚刚好的人，而这个人就是我们口口声声要去找到的“对的人”。

“对的人”并不需要你耗费精力与青春去寻找，你只需要放平心态、放慢脚步，你会发现你身边的每一个人都有可能是“对的人”，把成长中每个阶段所遇见的那些合适、刚刚好的人摊开来看，去发现他们的闪光点，去了解他们与自己志趣相投的地方，慢慢地，这些人也就成了对的人。

所以，我在单身的这些年里除了学会取悦自己、释怀往事，也学会了不偏执地思考问题，不再过分地去纠结一些细节，以一种随遇而安的态度去面对生活。我不知道那个人还要多久才会来到我的身边，陪我一起旅行，陪我过柴米油盐的生活，陪我经历喜怒哀乐，也不知道她会不会已经在我单身的这些年里与我错过了。但这些都不重要了，重要的是我一直都以积极明媚的姿态昂首挺胸地朝前走，没有辜负自己生命中的每一天。

若是你遇见了我，别以为我会像刺猬那样，浑身是刺不让人靠近，也别以为我是一个乐观开朗的人。我的内心也有空缺，也许只要你一个温柔的拥抱，我所有苦心经营的坚强都会崩塌，我所有郁积的热泪都会释放，我所有的情话都会为你谱写。山盟海誓我都准备好了，只要你来，我便拿一生一世奉陪到底。

别怕，成长总会给你答案

01

初中同桌娅娅打来电话时在另一头哭得泣不成声。我听着她哭，等着她发泄完内心郁积的情绪。我知道，我们都在假装过着很好的生活，我们都在强颜欢笑着展示自己的美好，很难有时间与机会彻彻底底地释放心里的压力。

一年多以前，娅娅独自一人离开贵阳去武汉工作。我问她为什么，她说与其留在冰冷的家里，不如出去闯闯。娅娅的父母在她小时候就离婚了，所以她早已习惯了独来独往。

到了武汉工作后她才发现，很多事情根本不像她想的那样简单，她的性格开始变得悲观，总是被一些莫名其妙的情绪侵扰。在工作上，有时候她会担心自己做得不够好，不知道还要多久才能升职加薪、多久才能建立自己的有效客户资源；在爱情上，父母的离婚让她对婚姻感到迷茫，不知道结婚的意义是什么，害怕现在的男友经不起未来平淡生活的考验。

我听着娅娅的哭诉，安慰她说：“别怕，还有我呢。”我知道娅娅心里那些压抑的情绪一直得不到释放，只能选择用哭的方式来宣泄，这其实是种很好的方法。哭有时候并不代表懦弱，它只是一种情绪释放，让你第二天可以继续骄傲地面对生活。

在这钢筋水泥的城市里，匆匆忙忙的我们得了很多“都市病”，比如恐婚、社交恐惧症、焦虑症、选择困难症，等等。我们知道这些不好，也很想改变这种糟糕的状态，只是少了一个人来帮我们治愈。于是，你我都习惯了这种“都市病”，也早已发现，原来并不是只有自己一个人害怕面对人群、害怕面对婚姻，很多人都一样，白天放肆地笑着，晚上却孤独地哭着。

这些“都市病”给你我的心灵带来了烦恼，我们想要摆脱这些烦恼，却发现越是挣扎越是被束缚。不知道我们还要在这城市里被磨炼多久，才能够真正地说一句“我很好”，才能够真正地做到既温柔又刀枪不入。

02

我知道你今年20岁出头，刚刚大学毕业，又或者已经工作一两年了。你离开了父母的怀抱，一个人拖着大大的行李箱来到大城市打拼。下火车的那天晚上，你看着大城市星星点点的灯光，看着那些陌生的面孔，感到既彷徨又激动。你赶紧在朋友圈发了一张自拍，说“我要去活出青春的精彩”，然后在心里告诉自己，我要努力，我一定要做出成绩来，让父母知道我已经长大了。你想在这个城市活得光芒闪闪，可现实却并不容易。

我知道你那么努力的原因无非是不想和大多数人一样，活得粗糙又普通。你不想让父母掌控自己的生活，不想在小城市里碌碌无为一辈子，不想被现实安排自己的命运。你想活得精彩一些，哪怕孤独一点也没关系，只要最后所有的努力都能够开花结果就好。

我有一个朋友叫安岚，今年25岁，目前在广州工作。大学毕业那年，她放弃了父母在小城市给她安排的工作，孤身一人去了大城市打拼。我问她为什么，她说因为大城市没有亲戚们催婚的烦恼，也不会嫌弃一个女孩子太拼了会没人要。

安岚在工作上很拼命，她既可以涂着大红色口红、穿着高跟鞋一路小跑，又能干练地和自己的主管讨论工作。当别人说她努力的样子像一个男人婆时，她默默搞定了其他同事都无法搞定的客户。安岚之所以那么努力，是因为安全感的缺失与大城市带来的焦虑。她怕自己工作做得不够好被职场淘汰，害怕自己停止了学习就会与这个世界脱轨，工作仿佛是唯一能让她兴奋起来的东西，只有高强度、快节奏的工作才能带给她属于自己的归属感与荣誉感。

但是，安岚又特别迷茫，父母总是催她回老家工作成家。她不想接受父母安排的婚姻，想去遇见自己的爱情。而同事给她介绍的对象都嫌弃她过于强势，不够小鸟依人。面对这些，安岚无可奈何，只好从工作上找寻满足感去打败爱情上的空缺。

我们都擅长逞强，擅长口是心非。我知道，你一个人肯定有很累的时候吧。你一直假装坚强，佯装美好，真实的你却疲惫不堪。面对生活与工作，你不得不去应付那些棘手的问题，不得不在熬夜加班后，第二天又化上一个提气的妆容来笑对职场。下班后，你大多数时间都是回到出租屋里点一份外卖，然后孤独地玩着手机。好不容易劝说自己去餐厅吃饭，看着身旁坐着的都是情侣，你心里未免有些难过。拖着劳累的身体回到家后，你对着屋子习惯性地说了声“我回来了”，结果无人应答。

有一种孤独是，地铁上的人很多，能够与你相识邂逅的人很少；城市明亮的灯火很多，能够等你回家吃饭的却难找。生活总是那么孤独又那么不易，但你仍要学会去打败那些颓丧的情绪。

03

读者许茉是一个在爱情里受过伤害后便不敢再去尝试爱情的姑娘。许茉说自己花了很长时间来忘记前任，可惜还是忘不掉。因为忘不掉，许茉没有再去谈恋爱。因为害怕自己会受到伤害，她总是在给自己画地为牢，总是像刺猬一样把自己全副武装。我和她说过：“你这样躲在自己的世界里是不对的，你可以试着去结交朋友，哪怕是在网上。”

许茉在语音里和我诉说她的故事时，我能懂得她内心安全感的缺乏，也懂得她对美好爱情的向往。许茉说，前任承诺了她很多美好的明天，说将来两人要去海边拍婚纱照、要生一对龙凤胎、要开一家花店，这些誓言说得好听，但最终都没有完成。前任大学毕业后去了另外一个城市工作，没有和许茉在一起，异地恋让两人之间的距离越来越远，最后彼此默认分手。

刚分手时，许茉确实难过了很长时间，她不懂既然爱情经不起考验，为何前任当初要给她那么多承诺呢？既然他要离开她的世界，为何不趁早呢？为何不走得决绝干脆呢？为何要拖泥带水？许茉的性格敏感多疑，在刚与前男友分手的那段时间里，许茉拒绝各种社交，她就是想不通为什么。

我问许茉：“最后你是怎么走出来的呢？”她说是朋友说的一番话让她恍然大悟，原来自己的邋里邋遢、深陷悲伤是在耽误自己与对的人碰头。自此以后，许茉没有再沉湎于悲伤，而是以积极乐观的态度去面对生活，主动迎接对的人到来。

曾经的我们都为爱情奋不顾身过，也被爱情狠狠地伤害过，但现在，一切都过去了，不是吗？不管此时此刻的你是孤身一人奋斗着，还是因为一段失败的感情而困扰着，希望你都不要难过太久，毕竟分手是在告诉你，短暂的疼痛好过彼此折磨。请你相信，这个世界上的很多人都历经过大大小小的伤害，并不是只有你一个人饱受委屈。感到迷茫孤单时，想想你闪闪发光的梦想。如果你还在想念与前任发生过的点点滴滴，也请你记住，只有学会放下与释怀，才能够遇见美好的明天与强大的自己。

每个姑娘都有闪闪发光的机会

生活中总有不被旁人看好的姑娘，她们试图活成自己喜欢的样子，却总会被人说三道四：“你那么努力，干吗不去大城市当白领呢？”很多人觉得活得太自我的女人非常狠，不够温柔。这些声音让她们畏首畏尾、瞻前顾后。其实她们哪里是狠，她们只是展现出了自己努力的一面。如果说女人都是柔嫩的花朵，这些拼命努力的女人就是带刺的玫瑰，她们拥有保护自己的力量。

朋友宝宝就是一个经得起别人的赞美，也不怕被别人诋毁的姑娘。她的青春完全按照自己的意愿度过，怎么舒坦她就怎么来，完全不在乎旁人的眼光。

她臭美，于是经常变换发型、发色，喜欢做美甲，也喜欢夸张的耳饰。然而，很多人认为只有“坏女孩”才会去染发、烫发、化浓妆、穿夸张的衣服。面对其他人的偏见，宝宝从不会介意，因为她没时间去搭理那些无聊的人和事，她说自己的时间应该都用在变美以及为梦想打拼上。

现在的宝宝和男友开了一家奢侈品护理店，她依旧活得光彩照人、无所畏惧，也依旧爱臭美。我很佩服宝宝沉得住气的努力，她不会花时间搭理周遭的流言蜚语，只管默默奋斗，去学手艺让自己拥有屹立不倒的资本，这才是对旁人最有力的回击。

当你还不够强大、没有还击的能力时，请不要拖延、害怕、浪费时间，你只需要不动声色地努力即可。尤其是女孩子，你的努力会给你积累很多的资本，无论是爱情还是生活，你都可以活得无所畏惧，骄傲前行。

无论你现在处于哪个年龄，都不要被“人生赢家”四个字所迷惑。何时成功并不重要，能让你得到一辈子的收获的，是你在为自己想要的生活努力打拼的过程中积累的种种经验，哪怕是挫折、伤口、孤独，经年以后，回过头再来看看，你就会发现这些路途中的风景与经验，比你想要的结果还要精彩。

朋友小玺是一名全职妈妈，过去的她总会被周遭的人贴上“一个黯淡无光的中年妇女”这样的标签，在一些人眼中，小玺是一个活得略显失败的女人，因为她大好的青春年华都消耗在家庭里，不出去努力奋斗，只在家做饭带娃。这些人总是喜欢通过外表胡乱给人下定义，从不关心别人的生活与故事。朋友小玺之所以全职在家带娃，背后的故事让人心疼。

小玺的成长经历并不美好，当大多数人都拥有着欢快美好的青春时，她却比别人早熟得多。小玺的家庭情况与大多数人不太一样，她已经决定要出去找工作，只是因为女儿目前年纪还小，所以她不得不暂时选择在家带娃。做全职太太并不代表小玺是“好吃懒做”的女人，也不代表她“没出息”，别人只看见她做全职妈妈，却看不见她心里的委屈与泪水，更看不到她心里微弱但也在萌芽的光芒。

某次和小玺聊天时，她说："我也会羡慕那些活得闪闪发光的女人。"我告诉她："你不必羡慕其他人，等熬过了这一阶段，你一样可以盛放在风中，成为那个自带光环的主角。"很多姑娘都羡慕那些生来便有好运的女人，更羡慕那些活得漂亮且貌美的女人，觉得她们天生赢在了起跑线上。亲爱的，别光顾着羡慕别人，你在今天好好建设自己，将来也能活得漂亮。羡慕之心人人都有，如果能把羡慕化为催促自己努力进步的动力，也是了不起的一件事。

活得漂亮与成功一样，没有标准答案与定义，每个人都有自己独一无二的活法，你选择自己的方式生活，这其实就是成功。也许过去的你并不优秀漂亮，但现在的你，也在为了能够像别人一样展示出自己发光的一面而一直努力。你每一天的进步、成长，都是为了活得更像自己。不要太在意别人要求你应该怎么活、活成谁，你精神丰富，内心强大，做着自己喜欢的事情，有爱的人陪伴，这就是漂亮的生活方式。

朋友栩栩是一个闲不住的女人，结婚以后的她并不甘心只是在家相夫教子，她想去活出自己精彩的一面，在工作上做出成绩。然而，当初她想去找工作时，家人的不支持与周遭人群的不理解让她无可奈何，她有时候也会很无奈地告诉我，结婚以后的她感觉像是被生活限制住了，很难找到刚刚大学毕业那一年在深圳工作时努力打拼的毅力与决心。

说实话，作为普通姑娘的你想要逆袭，就别怕周围的声音嘈杂，更不要怕别人的挖苦嘲笑。在破茧成蝶之前，必然会经历焦虑与不安，但是，当你跨过了这道坎，当初那些折磨你、让你难受的过去，都将成为滋润你变得更好的营养。

有好几次，栩栩想不顾周遭人的看法与声音，去找一份有周末休息的工作，这样既方便工作，又方便照顾孩子。然而，家人和朋友仍旧觉得栩栩既然选择了婚姻与家庭，就应该好好在家带娃，找工作上班这件事情，应该等孩子大了再说。但是，等到孩子大了，栩栩年龄也大了，工作又哪能那么好找呢？我能理解她的焦虑与无奈，劝她说：“作为朋友，只要是合理的想法我都支持。别在乎那么多，谁说女生的努力就一文不值呢？”

经过各种考虑，栩栩最终找了一份在房产公司做文员的工作。每次听见栩栩绘声绘色地说起工作上的事情时，我都能感受到她心里的热血与沸腾，尤其是讲到她穿着高跟鞋走在办公室的走廊上，栩栩感觉自己像是女王。

女人的努力不是为了拿第一，她奔跑的姿态、挥洒的汗水、收获的笑容都是在为自己积蓄能量，是为了让自己在爱情里有更多主动的选择，在生活中有抵抗条条框框的能力，等到将来从单身到恋爱再到三口之家后，她也同样能够为这个家庭付出。至少，当男人面对眼前的困境一筹莫展时，她可以说一声：“亲爱的，我来帮你。”

女孩子的努力与强大是自己任何时候都能抵抗风雨的盔甲。你有了资本，自然就有了话语权，无论是在生活还是婚姻当中，你的努力与进步，就是你活得骄傲的砝码。你可以随心所欲，因为你有能力来抵挡生活中突如其来的瓢泼大雨，也有资本去反驳那些指手画脚的声音。

亲爱的姑娘，你去追寻自己的梦想、享受自己的青春，都是在以让自己欢喜、充实的方式生活，是在小小的范围内绽放出自己迷人的姿态。这样的你不但美丽，而且更有魅力。每天花一点时间建设自己，无论处于哪个年龄、哪种状态，你都能拥有昂首挺胸的骄傲与甜蜜温暖的笑容。

CHACON

现在的你有多努力，就有多耀眼的未来

Part 6

单身久了这种“病”，谈恋爱就好了

此时此刻的你，有没有在心里好好地问过自己：“我一个人过了多长时间？我单身多久了？”

短时间的单身是自我建设的最好时期，在这段时间内，你可以心无旁骛地去追逐自己的梦想，去为自己理想中的生活打拼，因为没有人让你牵挂。然而，当你单身好几年，想去谈一场恋爱又总是无法成功，会感到心里寂寞空虚，别人走不进来，自己试图走出去，却又没有办法。当你在一个人的生活里总是感到孤独、失落、悲伤时，这说明你单身太久了，身体里的小孩生病了，你需要谈一场恋爱，让身体里的小孩迎接阳光。

和几个朋友在外面聚会时，朋友蓉蓉说估计过不了多久，她就会摆脱单身贵族的称号，走进恋爱当中了。蓉蓉说现在有一个男生在追她，而她还没有答应，正在观察当中。蓉蓉之所以犹豫不决，是因为还想多花一点时间来判断，看看这个男生到底值不值得自己付出所有、奋不顾身地去爱一场。

听见蓉蓉这么说，另外一个朋友故意调侃说：“那你谈恋爱了，将来我们‘单身狗’聚会时，你可不能来参加了，因为你是恋爱人士有家属了。”朋友说完后，又拍拍我的肩膀说：“你看咱俩也同样单身了好几年，到底多久才能遇见花好月圆的爱情啊？”朋友这么说完，故意用周星驰的腔调说：“不公平啊，为什么上天不再给我一次机会，让我重新去遇见一份爱情？我已经修炼好了，为什么还没人和我谈恋爱？”

当你通过努力变得足够优秀时，不要手捧鲜花站在原地等待，而是要向前方奔跑，因为你命中注定的人同样也在跑着朝你赶来。

单身久了的你，不知道会不会在心里问一句：“我都已经修炼得足够好了，为什么还是没有遇见新的爱情呢？”其实，我也有问过自己：“我都花了几年的单身时间打造自己了，为什么还是没有遇见适合自己的爱情呢？我也一直以美好的姿态向前进，为什么对的人还没有出现呢？”说实话，我真的很害怕继续单身了。长时间的单身让我的心里感到恐慌，有时候会突然感到很难过，感觉所有郁积的悲伤情绪都找不到出口释放。

我和朋友说完后，朋友说是该去找个对象好好地谈一场恋爱了。她说，多愁善感是文艺青年的通病，但很多时候，内心的孤单失落其实是缺乏安全感导致的。身边少了一个可以说说笑笑、互相陪伴的人，这个人不会总说“我懂”，但当你难过伤心、莫名其妙地想哭时，这个人可以说：“乖，别怕了，有我呢。”

然而，你我都知道，因为寂寞而投入的恋爱总不长久，彼此都抱着排遣寂寞的心态去谈恋爱，很难一起走过细水长流的日子。可是，当我们抱着想与对方天长地久的心态去谈恋爱时，那个与自己三观一致、有共同话题的人，却并不是随时随地都能遇见。

蓉蓉算是比较幸运的女孩，之前的她一直秉持着“先谋生，再谋爱”的观念，并不急着谈恋爱，而是先花时间提升自己。她想考进事业单位工作，平日白天工作忙，她利用晚上业余时间背书。蓉蓉空闲时喜欢去健身房健身或者去参加户外运动会，她与现在这个追她的男生便是参加户外活动时认识的。

两人的相遇倒是稀松平常，互相留了电话号码，加了彼此的微信，看见对方发的动态都会评论。渐渐地，两人经常私下聊天。也许两人都是很主动的人吧，不会总等着对方找自己聊天，而是想着主动问问对方在干什么。恰好是那么多“在干吗”为两人摩擦出了爱情的火花。蓉蓉觉得男生懂得关心人，当蓉蓉加班到晚上七八点时，男生会把吃饭的地方安排好然后接蓉蓉去吃饭，周末的时候也会带蓉蓉去爬山或者看电影。

有一次，蓉蓉故意开玩笑，对这个男生说：“你是不是喜欢我啊，为什么对我那么好？”男生借此机会郑重地告诉了蓉蓉自己内心的真实想法，男生说他不是那种玩玩而已的人，他觉得蓉蓉就是他想要去保护的女人，他希望蓉蓉能够给他机会。蓉蓉告诉他，自己害怕太唐突的爱情新鲜感过了会产生矛盾，所以要先观察一段时间。说是观察，不如说是给自己留出时间作为缓冲，因为蓉蓉没有安全感，不能确定这个男人是否值得去依赖、去相信，所以想先摸索清楚彼此的脾性。

蓉蓉让我主动去遇见一份爱情，别再单身了，因为这段时间的我差不多低潮了半个月，心里莫名地恐慌、难过、压抑。我甚至怀疑自己是不是有心理问题。蓉蓉说这不是病，这只是一个人生活久了，身边缺少一个陪自己喜怒哀乐的人。

一个人生活久了，真的会让人莫名其妙地感到伤心和难过。也许你刚刚20岁出头，只是单身几个月，觉得单身是黄金期，可以好好地努力，这无可厚非。但如果你和我一样，到了二十好几的年纪，遇到家人催婚时就会变得手足无措了。到时候你便会知道，年少时那种轰轰烈烈的爱情，其实并不一定还能够再遇见了。

单身的你，别再让心里的小孩受伤了，也别再让自己继续孤独了。去谈一场恋爱，主动去寻找总会遇见合适的。毕竟，比起长久的孤独，另外一个人的出现还是可以改变你的心态，让你变得更加开朗。

总有一段经历，会让你生出铠甲

01

很多时候，让你成长的并不是生活本身，而是那些独自走过的时光。

有些经历，虽然痛苦，但让你获得了经验，能力得到了提升；有些时光，虽然孤独，但想破茧成蝶，总要咬牙扛过这样的时刻。

2020年9月6日是我29岁的生日，生活却和我开了一个玩笑——我过马路时被一辆汽车撞倒，脚踝骨折。

现在回想起来，我突然觉得生活仿佛总在和我们开玩笑，有的玩笑幽默轻松，但有的玩笑却是笑里藏刀。

朋友晓依在得知我被车撞了之后，打来视频电话哭着和我说："实在对不起！我作为朋友现在却不能陪在你身边，不能给予你力量，我觉得很难受。"

我在视频这头笑着告诉她："真的没关系，脚踝骨折是个小手术，家人也会陪着我。肇事司机也找到了，现在一切情况都好。"

出了手术室后，看到晓依发来长长的信息，这时我才知道，独自一人在外工作的她，今年过得也不太好。

02

我和晓依是大学校友，读大学时的她个子不高，相貌平平，还有些胖嘟嘟的。

晓依和我一样，没有显赫的家庭背景，没有过人的身高，没有精致的长相。她总是开玩笑说："像我这样的'三无女孩'，估计这辈子都没人要了。"

而我也总会笑着告诉她："没关系，还有我这样的'三无男孩'陪你一起追逐梦想，别忘记我们可是一起努力的好朋友。"

我和晓依都是有故事的人，只是她的故事更加让人心疼。

晓依来自农村，因为小学时的一场意外，断了一根小拇指。进入初中之后，因为她身材矮胖，长相一般，说话声音又有些粗，还有小拇指的残疾，很多同学都一起嘲讽、欺负她。

那些调皮捣蛋的同学给她取外号，戏弄她，在她座位的抽屉里放垃圾，站在走廊上起哄，孤立她，不让别人和她玩。总而言之，晓依说初中时期是她人生中最不愿意去回忆的时光。

进入高中后，晓依以为同学们会成熟些，调皮的人也会少些，但是并没有。那些嘲笑、挖苦、打击的声音依然存在。她自卑过，迷茫过，也曾想过干脆和邻居一样，辍学去沿海城市打工赚钱，给家里减轻些负担。可是喜欢阅读的她在书本中找到了力量，书中人物的故事和激励人心的语句给了她方向和温暖。

她想着，自己是一个不被他人看好的姑娘，但一样要拼尽全力去奋斗，让自己成长为一株向日葵，绽放光彩的同时也能温暖其他需要安慰的人。

于是，进入高中后的晓依暗暗下定决心，既然身边的同学瞧不起我，那么我就做出成绩给你们看。

晓依喜欢写作，但平时零用钱很少，买不起课外书。她便常常去书店看书，遇到好的句子就抄在笔记本上。她坚持写日记，坚持阅读，因为阅读和写作给了她精神上的支持与力量。

终于，这些无人问津、默默拼搏的时光给了她回报。她写的作文被老师当作范文表扬，参加学校的作文比赛也屡次获奖。她还给各种报刊杂志投稿，有的作品也得到了发表的机会。

人生中总会有一段艰难的时光，这并不可怕，可怕的是你因此就失去了勇气与信心，一直留在那个暗淡无光的角落。

高考过后，晓依的分数只能读三本，但因为家庭条件不好，她选择读专科。晓依坚信，只要愿意努力，不管在什么样的平台，都会有闪闪发光的机会。

03

我和晓依是在大学社团活动时认识的。因为我们都喜欢文学，又有相似的背景和经历，没过多久就成了很好的朋友。

大学毕业之后，晓依独自一人背起行囊，去了上海工作。现在的她在一家物流公司上班，她的计划是努力攒钱，30岁时就回老家开一个小卖部，和男朋友过平平淡淡的生活。

说实话，我特别理解晓依和她男朋友的不容易。两个人都来自农村，家里的经济条件一般，一切都只能靠自己奋斗。

在日常的工作之外，两个人会在业余时间去摆地摊，或者在网上卖一些小东西。平时晓依也很节省，很少买新衣服，用的化妆品也都是最普通的。

我问她为什么这么拼命，告诉她偶尔也要学会爱自己，犒劳自己。她告诉我，她必须如此努力的原因是她的家庭。

晓依的父母靠打零工维持生计，父亲有糖尿病，往年病情都比较稳定，但是今年竟然出现突发状况，还因此住进了医院。

晓依一开始并不知道父亲住院的消息，家人都瞒着她，怕她担心，她还是在和弟弟打视频电话闲聊时才发现了这个情况。晓依听到这个消息后十分自责，觉得自己没能好好陪伴在父母的身边，没有尽到做儿女的责任。

晓依告诉我，她男朋友提过很多次，要不然干脆回老家工作，反正结婚以后也稳定了，可以陪在父母身边，方便照顾他们。但是倔强的晓依并不愿意，她想趁年轻在大城市努力奋斗，多赚些钱，可以给父母更好的生活条件。

她不怕辛苦不怕劳累，就怕子欲养而亲不待。

说实话，我能理解晓依的这种倔强，她的性格仍旧和大学时期一模一样，想出人头地，想证明自己，想让父母过上更舒适的生活。

我和晓依说，成年人的世界里没有容易二字，每个人都是把欢笑挂在脸上，把辛酸放进心里。

晓依告诉我，有一次她丢失了一个客户单，被领导狠狠地批评了，还被故意针对了一个月的时间。但这件事的错误并不在她，晓依心里也很委屈。可是，职场只看结果，不问过程，更不会因为你的委屈就对你网开一面。

有一回，领导在办公室里当着其他同事的面数落晓依，说她带来的损失影响了集体。晓依十分受伤，想和领导解释，但领导没有给她机会，反而批评她没有担当。

晓依不敢把工作上的委屈和心里的苦恼说给家人听，她不想让家人为她担心。她只能默默忍受着领导的批评和扣奖金的处罚，一个人躲在被窝里悄悄地哭。

无论是工作中还是生活里，我们每个人都会遇见磕磕绊绊，但恰好是这些挫折和委屈给了我们成长的经验，让我们越挫越勇，让我们以更勇敢的姿态去面对风风雨雨。

当然，我们并不是坚不可摧的人，总会有伤心难过的时候。这种时候不要一个人扛着，可以哭，可以和朋友倾诉，但请记住，哭过之后要继续骄傲前行，把那些激励你成长的挫折时光，当作帮你破茧成蝶的力量。

04

20岁出头的时候，总认为孤独可耻。而今，站在29岁这个年纪，我突然明白了一个道理：无论孤独还是挫折，换个角度看，其实都是让自己沉淀下来，慢慢变好的机会。

成长没有标准答案，也许今天的你觉得自己跌落到了谷底，也许今天的你彻夜难眠，也许今天的你已经足够努力但依然没有看到回报，但这些并不代表你就是一个没用的人，也不代表你会一直被悲伤、失败、难过困住。

成长不在于你经历了多少，而是要看你能不能从这些经历中吸取经验，然后以乘风破浪的态度继续前行。

住院的这十天时间里，我突然明白了很多道理，也想通了很多问题。我与自己和解了，不再给自己设限，也不再给自己画地为牢。我接受自己有可能一生碌碌无为，有可能与孤独常伴，但我仍旧会为理想中的生活努力，仍旧会去活出自己喜欢的样子。只是，相比以前，我会轻松很多，也释然很多。

以前，我总会害怕，会胡思乱想，认为自己遇到的挫折都是命运的安排，无论怎么努力也避免不了，因此总是在刚刚遇到问题时就止步不前。但是现在，我不会再被挫折打败，也不会再杞人忧天，相反，我会把孤独与挫折当成激励自己继续前行的力量，让自己的羽翼更加丰满，在未来的某一天展翅翱翔。

生活从不容易，它不可能让你一帆风顺，也不会因为你的委屈给你特殊优待。面对无常的世事，你要做的不是抱怨哭泣，而是学会一边接受无常，一边逆风飞翔。

成长不是一蹴而就的，只有经历过大大小小的挫折与磨炼，我们才能学会勇敢，学会把悲伤的酸楚酿成回味的甘甜。

莫泊桑说过这样一句话：生活不可能像你想象得那么好，但也不会像你想象得那么糟。岁月漫长，遇到挫折与困难时不要害怕，面对它，解决它，你才能变得越来越强大。挫折总会过去，阳光总会到来。

所以，亲爱的，或许我们要感谢挫折与孤独，挫折给我们经验，孤独让我们沉淀。那一段一个人走过的荆棘路，会帮助我们生出保护自己的铠甲，继续不畏艰险向着未来进发。

我们总在不懂爱的年纪山盟海誓

越是年轻，我们越喜欢承诺，因为我们只给得起别人承诺而给不了未来。那些年少时奋不顾身爱过的人，陪你一起经历过春夏秋冬的人，在你最艰难的时刻陪在你身边说“我在”的人，不一定就能陪伴一世。岁月会变化，我们也在变化。只愿在所有的变化里，别忘却那一场刻骨铭心的经历就好。

铁杆损友绍威说，他在学生时代用力爱过的人，又或者说是在少不更事的年纪陪在身边的人，无论如何都很难忘怀。情人节那天，绍威说他失恋了，我不信，问：“向来喜欢秀恩爱的你怎么可能失恋？”他沉默了一会儿说是真的，双方家长见面大吵了一架。

听他这么说，我当时就在思考，不被父母祝福的爱情，到底要不要坚持？如果继续下去有没有未来？如果换作是我该怎么做？我想不出来。我不确定爱情的未来，我只知道，爱情有时候是一场冒险，不必去计较未来，只想在拥有的那一刻拼命地爱、奋不顾身地爱、飞蛾扑火地爱。

绍威与欢姑娘从学生时代认识，到现在“2”字开头的年纪，也惊天动地地爱过，也有过歇斯底里的争吵，也分手过。现在回想起来，正是这段不羁的青春时光最让人怀念，最让人难以割舍。

彼时，绍威与欢姑娘甜蜜幸福地相爱着，所有朋友都认为他们一定会从校服的青涩走到婚纱的陪伴。谁知道，我们都猜错了，他们还是分手了。绍威在失恋的那段时间里喜欢买醉，玩得很疯狂。他说他不是因为失恋才这样做，而我知道这是口是心非。真正的分手是好聚好散，祝福彼此找到合适的人，不打扰、不纠缠、不拖泥带水，爱过恨过哭过，到最后，去迎接各自新的幸福。对于爱情，你可以难过一阵子，但不要因为难过和伤心，错过与正确的人的相遇。

绍威与欢姑娘分手后，他总是说不再相信“一辈子都要在一起”这样不切实际的话了，一辈子是什么样他自己都不知道，为何要让别的姑娘去相信呢？他只相信活在当下，珍惜现在。

后来，他们两人从分手到复合，再到现在有结婚的打算，却受到了家人的阻挡。在我看来，爱情是两个人的事，可以没有规则无所顾忌，然而婚姻是两个家庭的事，责任与未来大于喜欢。如果一方父母阻挠，甚至说出各种难听的话不准两人在一起，即使继续苦苦纠缠，也是增加痛苦、彼此伤害罢了。

绍威说他根本放不下也不想放弃，他想努力争取一回。他说自己年少轻狂时，是欢姑娘陪在他身边度过了最快乐与最难挨的日子，他觉得自己亏欠了别人的青春，必须要偿还对方。我觉得每一个爱着的人，都容易陷入自己的世界。爱情不应该用偿还这个词，爱情对于彼此而言是公平的博弈，不存在谁亏欠谁的问题。

我作为见证者，见过绍威奋不顾身地去爱，从深爱到分手，从分手到复合，又从复合到现在父母的反对。我不知道此时此刻读着这篇文章的你是怎样的看法，如果换作是我，我会选择成全对方。成全不代表认可父母的做法或是妥协，成全对方是还给彼此退路，让彼此拥有更好的、更合适的选择。不被父母祝福的爱情不仅仅会让双方的心里都留下疙瘩，更可能会在将来的生活中出现很多矛盾。我不想让彼此都受委屈，让两个人一直活得不被理解、战战兢兢。

随着年岁的增长，不再奢求轰轰烈烈的爱情，那种爱到没了自我的爱情，青春年少时有过一次就足够了。长大后，要找的是能一起过日子的人，可能这个人你并没有一百分的喜欢，对方也并不完美，但你们在一起相爱不累，缘分也足够，那么就差岁月的磨合。总有一天，岁月会把你们磨合成能够一起过日子的人。

爱的伟大，是在得知没有未来后，能够祝对方幸福，自己也能过得快乐。有些事情，时过境迁，回头再看看，不过如此，无非是当时不懂事罢了。

若决定放下，就请慷慨释怀

最令人难过、无奈的爱情，是你明明知道对方只是你生命里的一个旅人，你却拼了命地想要挽留这个随时都可能离开的人。

我们都知道，有的人只是来给我们的爱情上一堂课，悄悄地来，悄悄地走。如果我们非要去打破这种静默的美，最后受伤的还是自己。如果你只是把我当成你生命里的停靠站台而不是终点站，那么，我宁愿你不要从我的爱情线路经过，宁愿我们此生都不要遇见。

卷卷说，她真的准备放下长达六年的暗恋了，她不再安慰自己只要享受过程就好，更不会去贪图一个结果，因为，她暗恋的男生与年少时最爱的那个女孩子和好了，两人目前已经有了结婚的打算。

12月31日那晚，我原计划和同学一起跨年，但因为一些事情心情不好就提前走了。那晚街上人很多也非常热闹，基本上都是成双成对的情侣或者三五好友，就我落单一人。看着繁华的夜景，想着又是自己形单影只，未免感觉有些凄凉。

那晚，我一个人走在冷风中，想着自己马上就30岁了，心中难免有些伤怀。时间过得真的好快，须臾一晃，美好岁月便毫不留情地消失不见。

后来，卷卷打来电话问我在哪儿，我说准备回家。她说自己一个人在外面，叫我去找她，她想听我讲故事。两个难过的人，也许只有互相倾诉，才能得到些许慰藉吧。

我们坐在小吃摊一边吃东西一边聊天。卷卷准备抽烟，我说：“你别抽烟了，对身体不好，而且你都准备放下过去了，就别糟蹋自己了。”她苦笑了一声告诉我：“从新的一年开始，我要改掉悲观、熬夜、流泪、软弱这些坏习惯，甚至包括想念。”我问她：“你真的打算忘记了？”她看着我说：“你觉得不像吗？我说的是真心话。”

我们每次都说真心话，说自己一定会放下、会忘掉，可是，我们又总是喜欢大冒险，喜欢打听前任的信息，看看前任能不能回头与自己重新开始。我们总是告诉自己，我只想念一下，却不知道每次瞬间的想念累积起来也会让心情变得沉重，最终伤心难过的还是自己。

卷卷和暗恋的这个男生是同学，只不过同校不同班。卷卷说他们的相识很简单，她和男生班级的体育课由同一个老师教，两个班一起做活动时便认识了。认识了一段时间后，卷卷发现男生很有趣，就悄悄地开始了暗恋。

喜欢一个人的表现有很多，你爱吃对方喜欢的口味，默默关心对方的生活，给对方设置特别的来电铃声，心甘情愿地为对方付出，QQ、微信设置特别分组，总是想知道对方在干吗，更是见不得自己喜欢的人与异性暧昧。青春期的少女心萌芽，无论是哪个女生都渴望像言情小说里那样轰轰烈烈地爱一回，卷卷也不例外。只是她的暗恋小心翼翼，如履薄冰。卷卷见证了这个男生从单身到热恋、再到失恋、再到忘不了前女友的全过程，在那些时光里都是卷卷陪伴在他身边。至于卷卷自己，宁愿选择默默地守护等着他发现自己。

读大学后，卷卷与男生不在一个城市，两人只是偶尔在QQ上聊天。那一年，卷卷也找到了一个很爱的人，可是与男生分手后，她还是会想念最开始暗恋的这个男生。她想起自己会在他打球时故意从篮球场走一圈，就为了多看他一眼；她会等到放学，去他们班门口等他，然后鼓起勇气邀请他放学一起走，和他讨教一些作业中的问题；她会偷偷地请隔壁班同学帮忙，在他的课桌里放上自己亲手折的千纸鹤。

卷卷很傻，在大学里谈过两次失败的恋爱后便一直保持单身，因为她认为自己和这个男生有时很暧昧，以后有可能走到一起。但这些都只是她以为。她忘记了这个男生的性格本来就很乐观开朗，对谁都很好。卷卷告诉我，自从工作后，就不断有同事以及家人给自己介绍对象，但是她很难找到她想要的那种安全感。她25岁，同样着急，同样害怕遇不到对的人。

但是这一次，当卷卷看见自己暗恋了六年的男孩与他学生时代奋不顾身爱过的女孩又走在一起，并且两人都有结婚的打算后，卷卷说自己的心一下子就回归到了原位，没有撕心裂肺的疼痛，只是突然平静了。她不知道这是好还是坏，这种说不清的感觉让她感觉很难受，但同时也有一丝丝庆幸，因为终于可以放过自己。

在爱情面前，我们还是喜欢当闭着眼睛捂住耳朵的傻瓜，无论身边的人怎么说，还是会忍不住查看喜欢的人的微信和微博，还是会忍不住拨通前任的电话却不说话，只想听听久违的声音。

所以，卷卷开始刻意避开与男生的接触，她知道自己每看见一次心里就会难受一次，倒不如不要那么频繁地联系，对自己来说，这倒也是忘记的一种方式。听见卷卷这样说，我说我也一样，也放下了暗恋好几年的人，也要开始去追寻属于自己的幸福，新的一年，要有新的开始。旧事不必重提，难过的也不必再去缅怀，否则最终受伤的还是自己。

你心心念念的人也许过得比你好，而你，还在原地等待以为可以重新开始，却很少想过去遇见一个新的人。

你结婚时不要叫我，我不去，我怕我会泪流满面，更怕你和新郎敬酒时，我还要佯装坚强对你说新婚快乐，我做不到。我每次去KTV必点那首你爱听的《我怀念的》，但是现在，我不会再唱了。我要忘记你，说忘记就会忘记，说放下就会放下，因为我要去寻找属于自己的幸福。

努力奔跑，只为早点接近理想的生活

这个世界有时非常残酷，如果你不努力，就没有权利去问“为什么”与“凭什么”，只能默默接受现实安排给你的剧情。而如果你去拼搏、去奋斗，即便岁月已经给你安排好了人生剧本，你也有资格骄傲地说不。

你的身边是不是经常有人这样对你说：“没考上好大学就认命吧，反正毕业后一样找不到工作。”“你看你都二十几岁了，定型了，别拼了，家庭决定成长，别白费力气，没用的。”“你一个女孩子，嫁个有钱人家就能改变命运，为什么要靠自己去努力呢？”周遭充斥着“我为你好”的声音，他们告诉你你是拼不过别人的。但我知道，虽然我没有一个优越的出身，没有一个好的起点，但我可以靠自己拼未来，为自己创造好的转折点。

朋友贞贞告诉我，多亏自己曾经的努力，才存下了几万块的积蓄。虽然这点收获和别人比起来根本算不了什么，但现在的她和曾经比起来已经进步了很多。

贞贞没读过大学，高中毕业后就出去打工了。她20岁出头的时候总是急不可耐地想要取得成功，总是羡慕那些三四十岁的成功人士，也羡慕同龄人有好的家庭背景、有爸妈扶持，而自己却什么都没有。

贞贞做过服务员、前台、文员这些收入不高的工作，那时候的她和男友一起工作，却没存下多少积蓄，反而成了“月光族”。随着年龄的增长，贞贞才慢慢意识到一个女孩子必须要存钱的道理。于是，她不再怨天尤人，而是踏踏实实工作，强制性储蓄，业余时间也去摆地摊赚外快，这才有了现在的回报。

其实，20岁出头的男女生都有过一段心浮气躁的时光，我们无论做什么事情都喜欢与条件好的人做对比，总是喜欢问为什么，为什么别人那么幸运，为什么别的女孩子可以用名牌包包。我们总是问为什么，却忘记了一个简单的道理：只有自己脚踏实地地去努力，才可能收获希望的果实。

这个世界有时候很现实，当你竭尽所能去努力了，你不仅可以得到鲜花，还可以拥有掌声与证书。如果你不去努力，那么就不要怨天尤人，指责世界太残酷。以我自己的故事来说，如果我没有努力，那么我不会得到比以前更多的资源，也没有机会跳进一个视野更为广阔丰富的圈子。

有时候，难免会听见有人故意揶揄我说：“你写书永远不可能出人头地。”对于这些声音，我总是置之不理。以前我的目标是畅销书作者，现在，我知道了自己的弱点，我把写作目标改成“长销书”作者，只要我不停地写，这些文字总能给感同身受的人带来温暖。

我读小学时，因为家里贫困，性格内向，几乎没有什么关系好的同学，在班上总被调皮捣蛋的男生欺负。他们会取笑我瘦小的个子以

及破旧的鞋子，笑话我家里穷，买不起营养品。

进入初中后，我极度自卑内向，害怕上课被老师点名回答问题，怕答错被同学们笑话；害怕从那些穿着时髦的同学旁边走过，怕他们嘲笑我；害怕做课间操，怕其他同学故意整我；害怕上音乐课，怕被叫起来唱歌；害怕上体育课，因为我体育成绩不好，其他男生会取笑我跑步总是最后一名，而且，自由活动时同学们都嫌弃我，没有人愿意和我玩。

那时候的我因为不善交际，性格特别懦弱胆小，自己的照片被班上那些调皮捣蛋的男同学贴在男厕所门口，我也不敢当着他们的面去撕，只能等到第二天早上早点到学校悄悄撕毁。说真的，以前的我特别恨那些欺负我、捉弄我的同学，但那时候由于性格懦弱，我也不敢找别人理论，因为心里有一个声音告诉我：别人父母双全，家庭条件也比我好，而我只有一个下了岗的妈妈，还要靠打零工维持生活。

所以，初中时代的我选择忍气吞声熬过了三年，进入高中后，才慢慢有所改变。当然了，我也不会埋怨当初的自己活得懦弱，因为高中以前的我确实没有资本去反驳别人。

在这个世界里，你我的努力，是为了拥有更多的资本与选择的权力，为了让自己去决定未来生活的样子，而不是被动地等待接受生活给予的安排。也许你我并没有一个好的出身背景，也拼不了家世，但是，你千万不要因此而选择自暴自弃。唯有努力，才是最好的选择。

也许我们拼搏奋斗后暂时没有得到收获，或者收获很小，请你千万不要气馁，更不要一蹶不振。我们努力并不是为了去争夺名次，而是为了让自己修炼内在，提升自信心和工作能力，拓展自己的视野，锻炼自己的毅力并积累经验。当我们各方面都得到了提升再次出发时，我们便可以去耕耘希望的种子。

进入高中后，我开始强迫自己去努力，不然生活依旧会过得颓丧，依旧会成为别人嘲弄的对象。我努力学习，阅读书籍，拓宽视野，尝试交朋友，也许我不能马上像别人一样优秀强大，但至少不用再像以前那样担惊受怕，不会成为任人欺负的弱者。努力不仅可以增加自信心，还能累积底气，让自己拥有可以保护自己的盔甲。

读大学后，我开始坚持阅读与写作。所幸当时的付出都有了回报，虽然没有获得像别人那般丰厚的回报，但这些一点一滴的收获累积在一起，也增强了我的信心和安全感。当别人对我不屑一顾时，我可以一笑而过，用自己取得的成绩证明给那些瞧不起我的人看。

不知道你是否和我一样，家境平凡普通，没有金光闪闪的标签，什么都得靠自己去努力打拼。或者和我的朋友贞贞一样，做着平凡的工作，也被人奚落嘲讽过。但是，请你学会把外界的打击当成让自己不断向上攀登的垫脚石，不在乎别人的眼光和话语，只大声地说“你尽管放马过来，我才不怕”，咬紧牙关去打拼去奋斗，当你不断向上不断前进，你便不会再听见那些打击你的声音，因为他们仍旧待在原地，而你已经遇见了更加开阔美好的世界。

现在的我从一个自卑的男孩成为一名写作者。我相信写作就是我的盔甲，让我有勇气与底气对将就的生活说不。我努力奔跑，不是为了去与别人争仅有的第一名，争光芒万丈的荣誉，而是让自己在奔跑的过程中增长肌肉，以此来抵挡这个世界带来的伤害。

人生没有标准答案，每个人都可以活出自己独一无二的精彩，决定你未来发展甚至影响你一生路途的不是外界给你贴的标签，而是你的品格和能力，以及为梦想坚持、为生活努力打拼的心。永不停下脚步，每一天都朝着自己的未来努力，你一定会离自己想要的人生越来越近。

你认识谁，取决于你是谁

现在很多刚刚步入职场的人都在忙着经营人脉。人脉的确需要用心经营，但作为一个不懂职场套路的新人，更多的还是要靠自己的才能与本事。如果你有本事，那么优秀的人自然会被你的光芒吸引，愿意与你交朋友，因为你身上或许有对方将来需要你帮忙的地方。所以，在发展人脉之前，还是应该先去提升自己的工作能力。

正所谓职场如战场，刚刚上阵单枪匹马的我们，可以先发掘自己身上独一无二的地方，打造工作中的核心竞争力。你让自己变得优秀的同时，实际上已经向那些优秀的人发出了邀请的信号，告诉对方我身上也有可圈可点之处，我们可以进行资源互换。

蓉蓉是我的一个朋友，前几天她组织几个关系好的同学聚在一起吃饭，席间大家闲聊到如何积累人脉这个话题。他们都是职场人士，自然有话语权，我作为一个热爱写作的文艺青年，就在一旁安安静静地听他们聊天积累写作的素材。

蓉蓉第一个发言，她回忆起刚刚毕业参加工作时，可谓是一把鼻涕一把泪，尤其是去其他单位、公司跑广告拉业务，真的是求爷爷告

奶奶，最后她还是没完成任务，就因为她是一个刚刚踏进社会资历尚浅的人。

蓉蓉说印象深刻的是有一次约客户吃饭，想要达成合作签下广告合作单，然而客户总是找各种借口来推托。虽然没有摆明说，但蓉蓉心里明白，客户不愿意与她进行合作。这个客户她提前两周就预约好了吃饭时间，对方也答应了，可最终还是泡汤。那天蓉蓉一个人去吃饭，回家路上又下了大雨，便索性淋着雨回家。第二天到公司上班时，办公室里的年轻同事不知道从哪儿得到的消息，拿蓉蓉既没完成任务又淋雨回家的事情开玩笑，让蓉蓉有些尴尬。

那几天里，蓉蓉一直因为这件事郁闷。蓉蓉的同事李姑娘工作了三年，在公司里混得风生水起，既有为她的工作业绩锦上添花的优雅外表，也有优秀的工作能力。蓉蓉鼓起勇气发信息给这位高冷的李姑娘，希望她能传授自己一些销售经验。所幸平日里骄傲的李姑娘竟然愿意以前辈的身份发语音为蓉蓉指点迷津。李姑娘告诉蓉蓉，客户之所以不买账，是因为她刚大学毕业，没有分量更没有资历，在客户心中不够可靠，也不能为客户创造价值。但蓉蓉如果做出了些成绩，拿下一两个项目，或者有某某名流举荐，估计客户巴结她都来不及。

听了李姑娘的话后，蓉蓉开始自我检讨，针对“我能为别人带来什么价值”这个问题思考了很久。工作没有捷径，无非是一步一个脚印地前行，若真的有什么捷径可走，那便是放大自身的特长或技能，以此博取旁人的目光，吸引优秀人物的关注。

在学校，我们总想脱颖而出，成为人群中的焦点；工作中，我们想加薪、晋升，看见别人干得风生水起一路闪闪发光，我们也慌张了，总想达到别人那样的高度，然而却忘记仔细看看自己有什么能力，凭什么获得别人的帮助，凭什么上升到某一个岗位，凭什么认识大神级别的人物。

经过这件事之后，蓉蓉苦练内功，她明白只有自己变成有价值的人，才能为别人带来价值，才能在工作中达到双赢的局面，这样就可以在职场中如鱼得水。蓉蓉说，有了那次出丑的经历，后来的她潜心钻研制作演示文稿技巧与文案策划技巧，在默默无闻的时光里一个人修炼学习，才有了现在的小小收获。

工作中需要谈业务合作时，即便失败了也没有关系，毕竟人脉的打造需要先有量的集腋成裘，才有质的一举成功。不必责怪优秀的人摆谱，就算人家摆谱，对方也有摆谱的资格，而你呢？也不要怪世界给你脸色，先要看清自己是什么水平。

优秀的人手握金银，那么肯定想找手握财宝的人资源互换而不是手握石头的人。优秀的人并不是看不起工作能力弱的人，而是这类人手上没有足够多的资源让他们得以互换。你想与优秀的人进行资源互换，首先得先让自己的名字传到对方耳朵里，拿到那个圈子的入场券。

锅巴说他作为职场“小鲜肉”，对于人脉这个话题感慨颇深。他刚去上班时，他的姑父以老江湖的口吻告诉他该如何“混”职场，以免在工作中碰壁。锅巴自己呢，20岁出头的年纪，一心想成为拔尖儿的人物，能够得到领导们的赏识，让同事们歆羡。于是锅巴想方设法积累人脉，逢年过节或是遇上天气变化，都会挨个儿给老前辈们发专属问候短信，也十分热衷组织联谊或者其他聚会活动。

过了一段时间后，锅巴发现自己费尽心思的经营，虽然换来了“大神”们的微信，却从来没有人给他点赞评论，倒是那些酒肉朋友总叫锅巴没事多来聚会。锅巴想了想，觉得这不是他想要的人脉关系。

于是，锅巴发短信给大学里对他很照顾的老师寻求指点，老师告诉他不用忙着去攀关系建立人脉，年轻人应该先做好自我投资，自然会有机会遇见贵人。从这以后，锅巴不再流连于各种圈子的聚会，一心做好自己的本职工作，除了周末与同事打篮球，其余时间都用来进行自我提升。锅巴的女朋友说，现在的锅巴总算走得踏实了，不像当初那么心浮气躁。

别人都说人脉无非是利用与被利用的关系，我并不赞同。我认为高质量的人脉是互利共赢，共同进步，有了第一次的了解，便有了以后的合作，双方甚至有可能成为朋友，而不是需要利用对方的价值时才来谈人脉。

真正的人脉不是靠逢场作戏刻意结交优秀的人，而是一边提升自己，一边力所能及地帮助别人，让别人在背后多说赞美你的好话。当你有了足够的能力与独一无二的特质，自然会有让你如虎添翼的人脉资源。

20岁出头时，不必因为认识的人太少、人脉太窄而苦恼，你要努力建设自己，积极投入阅读、学习、运动等有益的活动，专注于某项特长爱好的提升，真诚地对待每一个人，那么人脉与机会都会不请自来。

刚刚大学毕业踏入社会的年轻男女们，不要心急火燎地忙着去搭建人脉关系网，想着怎么才能在手机通讯录里存下名人们的手机号，你应该把时间都花在自我建设上，而不是辗转于大大小小各种无意义的聚会。有时候，一个人的时间貌似孤独，但恰恰是这段孤独时光在给你将来丰盛又强大的生活打基础，因为只有在一个人的时间，你才能心无旁骛地专注于学习与工作上的提升，专注于如何变成别人想来找你资源互换的人。

李笑来说过："人脉的实质无非是彼此交换关系。"我承认这一点，但我想补充自己的看法。你想让优秀的人与你交换关系，总得有一个前提条件。换言之，就像学习好的学生总爱与同样学习好的学生交流，为什么呢？因为彼此的思想在一个水平，强强交流只会碰撞出更多的火花，发现更多尚未被发现并且有价值的东西。当然了，学霸并不是不愿意帮助学渣进步，只是因为学霸之间在一个频率，他们有更多的话题可说。所以，打开圈子认识牛人容易，难的是拿什么与牛人进行资源互换来实现自我发展，以此达到共赢的局面。

对于我自己而言，以前刚大学毕业参加工作时，也忙着思考如何积累人脉。后来想想，人微言轻的我凭什么让名人们记住我的名字呢？于是，我不再忙着拓展自己的人脉圈子，而是专注于发掘自己身上的闪光之处。我相信，当我身上具备了能让别人发现我的价值之后，我也能够成为别人想来认识的优秀人脉。

对于交朋友，别人落魄穷困我不会嫌弃，毕竟我也经历过最艰难的日子，我能帮忙一定尽量帮。我努力也并不是为了去攀附关系，刻意巴结有头有脸的人物，我只是不想让自己成为皮球被别人踢来踢去，想靠自己的能力去决定生活的样子，而不是被迫无奈地接受生活。

在岁月面前，等不起的是父母

在岁月面前，等不起的不是你我，是父母。

年少时，我们总喜欢大言不惭地说，将来长大了要带父母周游世界，要给父母好的生活条件，要理解父母，包容父母。时光荏苒，年华倏忽老去。等到我们长大后，迫于生活的压力，慢慢地把周游世界改成了旅游，把给父母们的陪伴改成了等工作稳定后给父母买东西，甚至，“常回家吃饭”都被改成了“等我有空再说”。

“等一等”这三个字对于年轻人而言，并没有多大关系，然而对于父母而言，他们等不起了。

那天吃晚饭时，我妈说外婆的血糖又上升了，因为外婆最近又没控制饮食。我妈念念叨叨地说完后，继父叹了一口气说：“外婆都80岁的人了，也别把她管得太严厉，想吃什么想喝什么就由着她吧。”继父说完后，我妈又连忙说：“是是是，都像你这样不忌口。”我妈这样说完，继父又说现在的他已经改掉了很多坏毛病，比如抽烟少了，严格地控制饭量。毕竟，继父身体也不好，还做过手术。

他们两人这样你一言我一语打趣地说着，我这才想起，原来2016

年年末时，继父做过白内障手术。继父真的老了，要不然，为何他的记性慢慢变差，为何他走路晃晃悠悠的，为何他总是觉得自己“不知道哪天就走了”？

因为糖尿病的并发症，当时继父说眼睛看东西很模糊，想去做手术，但又怕手术出现意外。而且，多年前继父就因为脑梗做过手术，一直觉得自己是一个“随时都要走的人”。最后，继父下定了决心，决定赌一把去做手术，至少对现在有用。在家人的支持和鼓励下，继父的手术很成功。

在这之后我就开始反思，现在的我，到底可以为父母做些什么？又或者，当父母老了以后，我们怎样做才能让遗憾、内疚和辜负少一点，让父母健康快乐地安享晚年呢？

记得刚上大学时，父母怕我生活费不够用，总是悄悄地在我书包里塞钱。每次看见那些皱巴巴的零钱时，我的心里都很愧疚。这些钱，是母亲打零工挣来的，是继父走路回家攒下的，这些钱里饱含着亲情的力量与父母沉默不语的爱。我知道，他们为了我的身体健康，不想让我吃苦，更不想让我在同学面前丢面子。

学生时代，我们总是觉得父母给钱理所当然，总是喜欢自我安慰，说等到将来工作后给父母好的生活条件，等到将来成家立业后让父母抱着孙子安享晚年。谁知道计划总是赶不上变化，大学毕业后，我们才明白现实的残酷，诸多压力让年轻的我们喘不过气来。

这时候，一直默默支持我们的仍旧是父母，他们在经济上支持我们，在精神上鼓励我们，让我们别饿着自己也别亏待自己，工作应酬时该买西装就花钱去买。至于他们自己，却总是能省则省。我看见母亲有几件外套和毛衣，从我读高中时就穿着，一直穿到现在。每次我提出给她买新衣服，她总是说赚钱不容易，而且人也老了，穿新衣服也不好看，让我省着钱自己用。

生活中有很多瞬间，我发现父母老了。

母亲一边看电视一边织毛衣时，说经常低着头脖子酸痛，让我给她捏捏脖子。我看见母亲脸上的皱纹加深了，又多了很多根白发，她嘴里也念叨着最近有时候会腰痛。我忽然明白母亲不是美少女战士，她没有能力永葆青春，去抵抗刀刀催人老的岁月。

和继父一起下楼，还差最后一个台阶才是平路时，继父差点踩空了步子。我让他慢点，他倒是笑眯眯地说，人老了，真的是越来越不中用了，走路都看不见了，又推开我的手说没事，叫我自己出去玩。我一个人走了一会儿，回头看到继父一个人趔趔趄趄地走着，看着他微微佝偻的背影，我真的很害怕永远失去他。

长大后才明白，失去真正的可怕之处不在于失去本身，而在于失去之后长久的悲痛与无助。我便是在不断的失去中体会到了人生的喜怒哀乐、爱恨情仇。我接受我还没出生时大伯的离开，接受我很小的时候爷爷的离开，接受我十岁时父亲的离开，接受软弱、自卑、优柔寡断、不够强大并且活得没有安全感的自己。我接受命运给予的安排，但我不认命，我相信自己的努力会让生活有所转变。可是，2018年2月外婆去世后，我花了十多年好不容易建立起的安全感又瞬间土崩瓦解。

记得外婆走的那天中午，母亲打电话告诉我外婆不行了，让我赶快来外婆家。进门后，我看见亲戚们都在外婆耳边叫她的名字，但外婆只是闭着双眼大口呼吸。我抑制不住自己的情绪，眼泪大颗地往下掉，跪在外婆耳边喊她。她虽然说不了话，但我看见她的眼角湿了，

她还能听见我们说话。可是没过多久，外婆还是走了。从此之后，我的人生字典里也没有了“外婆”二字，关于外婆最好的纪念，都保留在记忆里了。

现实生活中，我们没有超能力帮助父母留住青春，更没有时光机可以穿梭时空。我们只是平凡人，那些承诺的誓言并不一定非得很遥远，能现在实现就不要等到下一刻。无论爱情、友情还是亲情，都经不起等待。

人生总是无常，年少时以为一生漫长，到了一定年纪后，便发现这一生并非漫长，因为我们与很多人可能只有一次见面的机会。罢了，过去的我不难过了，与其活在沉痛的记忆里，不如活在真真切切的当下，活在能够把握的今天。

夜深人静时，我偶尔也会想起自己。虽然经历了很多挫折、疼痛与磨难，但既然经历过了，就没必要为此难过，更没必要去羡慕别人的岁月静好。也许，恰好是成长中的磨难锻炼了我的心智，也让我懂得努力、奋斗、拼搏的意义，同时，更激励我学会把磨难转化为财富。如果我不大步向前奔跑，那么只能待在原地坐以待毙。我努力奔跑，既能锻炼自己，也更有能力保护好身边的人。

请你记住，当你能够拥有的时候，尽量把一天24小时过出48小时的精彩，好好陪伴和珍惜此时此刻陪你喜怒哀乐的人，因为我们都不知道，此时此刻留在身边的人，会不会一辈子都陪伴着我们。

不要总说岁月很长这样的话了，一辈子不长，说“我爱你”要趁现在。对于渐渐老去的父母而言，他们拥有的只是今天，没有所谓的来日方长。愿你我努力的意义，是收获鲜花与掌声时，最爱的人还陪伴在自己的身旁。

先过好当下，为诗和远方积累资本

当你内心浮躁、羡慕别人说走就走的旅行时，请先问问自己：“我有没有资本说走就走？”如果还在为当下的生活奋斗，存款不能支撑你说走就走的旅行，那就不要贸然出发。有人可以说走就走，是因为他们旅行回来还有积蓄，或者还有退路。如果你没有这样的条件，请先在今天积累属于自己的资本。

也许你和我一样，还没有足够的资本可以像别人那样说走就走。在你能力不足时，不要去羡慕别人拥有的光鲜。也许你说走就走的旅行来得比别人晚一些，不过没关系，因为你旅行的资本是靠自己的努力所得，这反而是一件值得高兴的事。就怕你明明知道自己没有资本，却仍是打肿脸充胖子，而不去沉住气努力奋斗。

朋友涛涛告诉我，今年国庆期间大家都在晒旅行照片，看得他很是羡慕。他也想去旅行，可惜世界那么大，没有钱的他哪儿也去不了，国庆假期就只能待在家里。听完涛涛的抱怨，我劝他别去羡慕朋友圈里的旅行照片，每个人的生活方式不同。既然现在的你尚且达不到谈诗和远方的条件，那就好好工作，定期存钱，享受当下的生活，为将来的旅行储备资本。

涛涛听见我这么说，发来破涕为笑的表情。他告诉我自己有时候很羡慕别人可以到处游玩，羡慕别人有伴侣陪在身边。他不知道自己理想中的生活什么时候才会到来，也不知道现在陪伴在身边的女朋友会不会和自己白头到老。而且，他也担心等自己有钱的时候就没有精力去旅行了。

涛涛的家庭情况比较特殊，他在农村长大，母亲在他童年时便去世了。曾经的他很调皮，打架受伤落下了伤疤，长大懂事后也来不及补救了。现在的涛涛一个人住，与父亲关系不好。他文化程度不高，做过很多工作，也吃过很多苦，却没能攒下钱来。他不喜欢用“等我有钱了”这样的句式，他喜欢“有钱了现在就去做”。然而，他的家庭条件不好，工作收入也一般，是一个没有资本任性的人。他需要一步一个脚印地去累积旅行的资本，如果在今天过度消费明天，未来的生活只会对他越加无情。

有一些人喜欢旅行只是为了发朋友圈，想让别人觉得自己活得非常潇洒，其实少了一双发现美的眼睛。如果你善于捕捉生活中的小细节，你会发现当下的生活里处处皆美好。不要好高骛远总是想着去旅行，你现在的日常生活都一团糟，如果不去想办法也不去努力学习好好工作，即使通过旅行短暂地逃避了现实，回来后生活中柴米油盐的问题依然需要解决。

涛涛羡慕别人出门旅行时也反思过自己，他说时光无法倒流，过去的不懂事造成的坏结果无法消除。他会督促自己好好工作，因为他知道，现在咬牙打拼，是为了将来带着女朋友开开心心去旅行做准备。

我和涛涛的情况差不多，也是在单亲家庭长大，也饱受过苦痛的折磨。只是我醒悟得早些，从大学开始就默默攒钱、努力学习，业余时间坚持写作。现在的我虽然没有资本和底气去跟别人攀比，但与曾经不够好的自己相比已经有了长足的进步，也在尽自己最大的努力为理想中的生活打拼。

读大学时，别人说我拿了奖学金就可以吃香喝辣到处旅行了，我没有理会，而是把钱存了起来。因为我知道，那些能够在今天出门旅行的人，都是有一定资本的人。至于我，母亲下岗了收入不稳定，过去还靠低保生活，如果我把钱在今天用完了，那么明天的生活就没有了着落。

大学里，我还有一个和我有相同想法的同学秀秀，她也用对别人旅行的羡慕来激励自己在当下努力，为将来与爱的人去想去的地方积攒资本。那时候我问过秀秀，为什么她不像其他女生那样，恨不得在20岁出头的年纪游遍山山水水呢？秀秀的回答我记得特别清楚，她说能够过好今天与当下，也是一种能力。旅行是一种消遣的方式，无论在成长中的哪个年龄段去享受这种消遣，都不算晚。

秀秀是一个平凡普通的女孩，其他女孩子买化妆品、名牌衣服和吃喝玩乐时，她都在图书馆看书。先在万卷书里走一遭，从万卷书中汲取了精华，再通过给小学生做家教以及写文章投稿的方式变现，赚取行万里路的资本。

在我身边，总免不了出现这样的声音："写书不是很有钱吗，干吗不出国旅行？""你干吗不一边赚钱一边消费，非得先积累再消费呢？""你赚那么多钱存着会贬值。"总之，周遭的声音告诉我，今天的说走就走，比为明天积累资本更加重要。

我们总是向往远方，憧憬诗意生活，却忘记了低头看看当下的美好。当你在今天努力，把当下过好，你此时此刻的生活也可以诗情画意，也可以波澜壮阔，还能够为将来说走就走的旅行累积资本。

每个人的生活方式与境况不同，不要拿别人的生活与自己做对比，也不要总是用浮夸的语气叫嚣着我要来一次说走就走的旅行。旅行的意义是让你开阔眼界、丰富阅历、提升知识，而不是让你去攀比，勉强旅行回来后继续苟且着生活。

后来，遗憾成了青春必修课

01

还记得当初陪你唱《后来》这首歌的人吗？他现在是否已经结婚生子了？还记得十六七岁时奋不顾身爱过的人吗？还记得那些让你在深夜号啕大哭的往事吗？现在，你是否已经找到了那个对的人？

我知道夜深人静的时候，你依然会悄悄地去听《后来》，还会在一瞬间恍惚，突然想起那个花了很久才忘记的人。

《后来的我们》发布预告片时，我就决定要去看这部电影。和朋友来到电影院后发现观众以女生和情侣居多。在观影的过程中，很多人都哭了，大家都强忍着情绪，只听得见小声啜泣的声音和打开纸巾的声音。

整部电影没有情绪爆发点，就是一点点地勾起你的回忆，让你的泪水在眼眶里翻腾但又不让你哭出来，这些情绪郁积着，等到最后亲情的部分才找到出口。在电影里，我看见的是遗憾与珍惜，还有那些年自己奋不顾身爱过的青春。

爱情到来时，我们疯狂相爱，哪怕最后的结局是分离也不害怕，因为青春年少的时候，我们都爱过一个没有未来的人。

能够好好相爱的时候，我们要好好相爱，当有一天不得不分手时，也要有一个好聚好散的拥抱，就像电影最后见清和小晓那个充满仪式感的拥抱。这个拥抱里包含遗憾，也包含十年故事的回味。

故事里，最让我感动的地方是见清和小晓在车里回忆往事时，彼此问的那句“你爱过我吗”。这个部分让我想起了前任，想起了曾经问过同样问题的自己。前任当时的回答是：“我也很想爱你，但是我不知道该拿什么来爱。”这句话，我一直记到现在。

同样的，亲情部分也让我的泪腺爆发。

在影片最后，见清的父亲写信给小晓，这一点像极了大部分沉默不语的父亲，他们不懂把爱说出口，但他们的心里始终牵挂着儿女。这个情节让情绪喷薄而出，我想到了年迈的父母，也懂得了珍惜。

除了与爱和亲情有关的内容，电影里见清和小晓住在逼仄的地下室、努力工作赚钱、在马路边上打闹等场景像极了那些在外奋斗的情侣们，住在小小的出租房里共同为爱努力奋斗。

02

读者阿若告诉我，她最爱的男人徐浩离婚了，这样的消息让即将结婚的她有点难过，因为她好不容易把以前放下了，现在又突然听见前任的消息，这让她感到茫然无措。她已经找到了对她好的那个男人，但前任离婚的消息又让她担心前任过得不好。

我问她：“既然前任已经成为前任，他的好坏已经与你无关，为什么还要在意他过得怎么样呢？”阿若说是因为当初爱得太用力了，导致两个人最后互相折磨、头破血流，直到现在都不能完全释怀。

徐浩与阿若是高中同学。在阿若最美好的青春时光里，全都有徐浩的陪伴。他给她洗小白鞋，跑遍整座城市为她买零食，半夜带她骑车兜风……那时候的爱情真是纯真美好，以为许诺了的人就能够一辈子厮守在一起。说到底，还是太年轻了。

高中毕业后，徐浩没有去读大学，而是选择去北京闯一闯。离开的前一天晚上，徐浩请了一大帮朋友吃饭，阿若也在。在KTV里，徐浩拿着话筒说：“媳妇儿，你等我，等我赚够钱回来娶你，等你大学毕业后我就来你家提亲。”全场男生起哄，女生们则说阿若找到了好男人。的确，阿若是找到了好男人，只是花好月圆的幸福是他给的，后来的磕磕绊绊也是他给的。

青春散场，男生去了北京闯荡，女生去了重庆读大学。大一的时候，徐浩与阿若还有联系。大二的时候，阿若登录徐浩的QQ，看见一个陌生女人给他发的暧昧信息。阿若装作什么都没发生，也没去提这件事。

然而，这段感情还是有了裂痕，徐浩的冷漠让阿若知道这段感情就要画上句号了。到最后，连分手都是阿若提的，她以为徐浩会挽留，然而并没有。分手后，朋友告诉阿若徐浩谈恋爱了。阿若表面上云淡风轻，其实她的心里很难过。也有人给她介绍男友，但是她心里有伤，自己走不出来别人也走不进去。

后来，阿若在大学里没有谈恋爱。

直到有一次，阿若接到徐浩打来的电话，两人寒暄了一番，徐浩说自己要结婚了，希望阿若能来。她说“好”，他说“嗯”，电话挂断后她狠狠地哭了。

徐浩结婚时阿若没去，只是托朋友送了份子钱。因为那个人已经与她无关，因为她也找到了好好爱自己的人。

时隔多年，徐浩离婚了，这样的发展实在有些戏剧化。虽然阿若想起往事仍然会有一些难过和伤心，但这种情绪也仅仅只是针对当年的回忆，无关其他，毕竟阿若也找到了对的人准备结婚了。

你刻骨铭心爱过的人，你用力去守护的人，你曾想厮守终身的人，这些人最后都与你背道而驰了，而你还在原地等待着，以为你们能够再遇见。这些，都证明了你不是冷冰冰的、无情无义的人。

我没问阿若是如何放下徐浩的，因为我知道成年人都不喜欢去追寻回忆的细枝末节。有些事情久了之后，时间自然会冲淡它的印痕，再想起时也觉得很平淡了。

03

电影的最后，见清没有和小晓在一起。

他成家立业，她孑然一身，风雨飘摇，哪怕见清的父亲在信里已经把小晓当成了一家人，可是一切都已经来不及了，也回不去了。正如电影里小晓所说：“如果没有如果。”

是的，如果当初分手时见清挽留小晓，如果当初两人能够坦诚一些，说出奋斗的原因不是因为一套房而是因为爱，或许结局会有改变。可是后来，遗憾成了青春的必修课。时间终究让我们学会了体面地接受分手，也能接受爱情里的遗憾。我的确花了好几年时间来忘记你，值得庆幸的是，在忘记你的过程里我得到了成长，也懂得了如何爱自己。

在我看来，《后来的我们》这部电影要讲的不是前任有多好，多么值得念念不忘，而是分手后如何让自己过得好，如何找到那个对的人，如何笑着对过去释然。

当然，这部电影也告诉我们要珍惜眼前人，因为爱情没有我们想象得那么完美无瑕。成长里总会有遗憾，还能珍惜就要好好维护感情，尽量让遗憾圆满，让爱长存。

能让你听哭的歌里多半有你的故事。只有经历过错过、伤害、遗憾我们才能成长，才能从中慢慢学会成熟坚强。不管怎样，希望你再次听到曾经让你哭得撕心裂肺的情歌时可以笑着说："谢谢曾经的一切让现在的我变得坚强温柔，有盔甲去抵挡这世间的伤害。"

学会拒绝别人，别再做老好人了

我们不懂拒绝，或者说害怕拒绝别人，是因为我们总是站在对方的角度来考虑问题，没有给自己留丝毫的退路。遇到自己不愿意做或超出能力范围的要求，拒绝不代表生气，也不一定会损害情谊，更不等于事不关己、高高挂起的态度。曾经的我是一个不懂拒绝的老好人，但是现在，拒绝是我的脾气。懂得拒绝，也是为自己赢得尊重，让自己过得快乐。

几天前，一个朋友发信息给我，让我帮他写一份工作总结。他说很简单，有资料可以参考，就是自己比较忙，再加上不擅长写这类文章，所以来找我帮忙。我委婉地拒绝了他，对方却还一个劲地说："一个搞文学的人，居然不会写工作总结，写总结对于你来说不就是小菜一碟嘛。"我再次委婉地表示拒绝，告诉对方我也很想帮忙，但最近很忙，确实没空。而后，对方又发信息说好话让我帮忙，我直接不搭理了。

如果是以前我肯定会答应，我害怕伤害朋友之间的情谊，害怕朋友因此不搭理我，害怕朋友关系因此决裂。所以，我做任何事情都唯唯诺诺，对朋友百依百顺。经历了一些朋友间的是是非非后我才发现，做一个事事都答应别人而委屈自己的老好人真的很累。我只知道尽最大努力去取悦别人，却忽略了一直陪着自己成长的人其实是自己，应该多取悦自己，多考虑自己的感受。

曾经的我无论做任何事情都要先为对方着想，再为情分考虑，最后才想到自己。最常见的例子就是借钱。

朋友当面问我借钱，我爽快地答应了，把钱借出去后，又开始担心要不回来怎么办。每当有朋友问我借钱时，我只想到别人面临的困难，想着如果不借给别人，对方会不会嫌弃我不够朋友、说我坏话。然而，我还是因为借钱这事与朋友闹了矛盾。两个多月前，一个朋友向我借了1000块钱，第一次还了500块，还剩500块没还清。我不好意思问，他也没有主动还。最后，在我多次的委婉提醒之下，这个朋友才把剩下的钱还给我。令我意想不到的是，向我借钱的人竟然发朋友圈含沙射影地说我不够朋友，那么一点小钱也催着还，不讲义气。

果真是借钱检验人品。原本担心不借钱给朋友会损害友情，最后自己竟然成了对方厌烦的对象，还弄得朋友关系尴尬，真是帮错人了。在经历很多事情后，我慢慢学会了拒绝，因为有时候学会拒绝别人，也是自我保护的一种方式，可以化解很多不必要的麻烦。

（1）硬着表达态度，软着说不

在生活中，我们总会遇见需要拒绝别人的时刻。如果有人求助于你，你直接将“不”字以很强硬的语气说出口，可能会让对方生气，不利于关系的持续发展。反之，你将强硬的态度挂在脸上彰显立场，以温和委婉的口吻拒绝，效果就会好很多。

你可以用欲抑先扬的语气拒绝。在工作中，如果同事需要你帮忙做一份文件或者办一件事情而你不想去做，你可以先肯定对方，再委婉地提出自己的看法。你可以笑着说："当然可以，这都是小菜一碟。不过现在我也比较忙，要不然第二天我把自己的工作忙完后再帮你如何？"这样你就把选择权交到了对方的手中。如果是上午必须解决的事，你提出第二天帮忙解决，其实已经委婉地拒绝了对方，别人也不会自讨没趣再来麻烦你。

你可以用商量的语气拒绝。周末不上班，如果朋友约你出去玩，同时他又邀请了一个你不喜欢的人，你既不想得罪朋友，也不想去参加。这时，最有效的拒绝方法便是用商量的语气拒绝。

你可以大大方方地告诉朋友，很感谢他的邀请，但是由于周末临时有事无法参加，可以下周或者过几天再聚。这样既表明了你想去玩的意愿，也巧妙地避开了不喜欢的人。

你可以用"喧宾夺主"的方式拒绝。想必大家都遇见过朋友或同事问自己借钱的情况吧，关于借钱这方面，如果对方与你的交情不深，你可以直接说自己没有钱。如果与对方关系还行，你担心直接拒绝伤害感情，可以主动出击，告诉对方说："亲爱的，我也想借钱给你，但我最近手里比较紧，也没有钱，我还准备过几天问你借钱呢。"这样，用"喧宾夺主"的方式拒绝，也不会伤害朋友之间的情谊。

（2）学会帮别人找退路

在我看来，比较恰当的拒绝方式除了委婉拒绝外，能够维护双方情谊、表明自己关心对方难处的方法，便是给对方找退路。

比如，自己没有时间或者对方的要求自己并不擅长时，你可以这样说："对于你的问题我也很着急，但是我爱莫能助，不能帮你分担烦恼。不过我认识一个朋友，你可以去问问他，或者向另外一个人咨询。”你告诉对方解决问题的方法，或者应该去找谁帮忙，真心实意地为别人考虑，帮别人想办法，别人自然不会因为你没有帮忙而埋怨你。

记住，给别人找退路的拒绝方法就是让双方都有台阶下，而不是以其他形式作为补偿，不能帮忙解决A事情，却答应能够帮忙解决B事情。

（3）沉默能帮你解决问题

如果直接用“不”字拒绝别人会担心伤害情谊，用“不行啦”之类的语气又会显得矫情，那么用沉默的方式拒绝，能够帮你解决一些令你为难的事情。

关于用沉默拒绝的方法，还是身边一个朋友教我的。有一次，我和她在外面吃饭时恰好接到一个高中同学打来的电话，同学说她准备结婚了，稍后会把时间地点等信息发到我手机上。

挂掉电话后，我跟朋友吐槽：“我高中和这人的关系不是很好，也不知道对方从哪儿知道了我的电话。”正在我心烦时，朋友和我说：“遇见这样的情况直接不搭理就好了，不用去参加婚礼，反正平时也没什么交情。”

朋友告诉我，生活中的很多事情，我们都能够用沉默去解决。刚去新公司上班，别人结婚发请柬，如果不想去就不去；交情一般的人发信息向你借钱或者找你要红包，也可以直接不搭理。沉默能够化解直接拒绝的尴尬，也能够帮你免除诸多的烦恼。

（4）语气影响拒绝的效果

有时候，你拒绝别人的语气影响着最后的结果。如果找你办事的人是心直口快的性格，而你拖拖拉拉说得含混不清，很容易让对方替你决定，你又不好意思二次拒绝，最后只得被动地选择了接受。

面对这样的情况，比较合理的处理方法就是用果断、自信、笃定的语气告诉对方："不好意思，这件事情我帮不了，不过我可以帮你打听。"关于职场上的拒绝，不需要去找太多理由，用言简意赅的话语拒绝对方，聪明人自然会明白。

在拒绝时除了用坚定的语气表达自己的感受外，态度一定要亲切和蔼，千万不要话里带刺，毕竟少种刺、多栽花才是处世的原则。

学会拒绝，就是让自己的生活更轻松，不用去做那些为难的事情影响自己的心情。对于别人的要求，千万不要先考虑对方再考虑自己。先为自己考虑，能帮忙就帮，如果感到为难或者的确帮不了，告诉对方自己爱莫能助，真正把你当朋友的人，也不会让你感到为难。